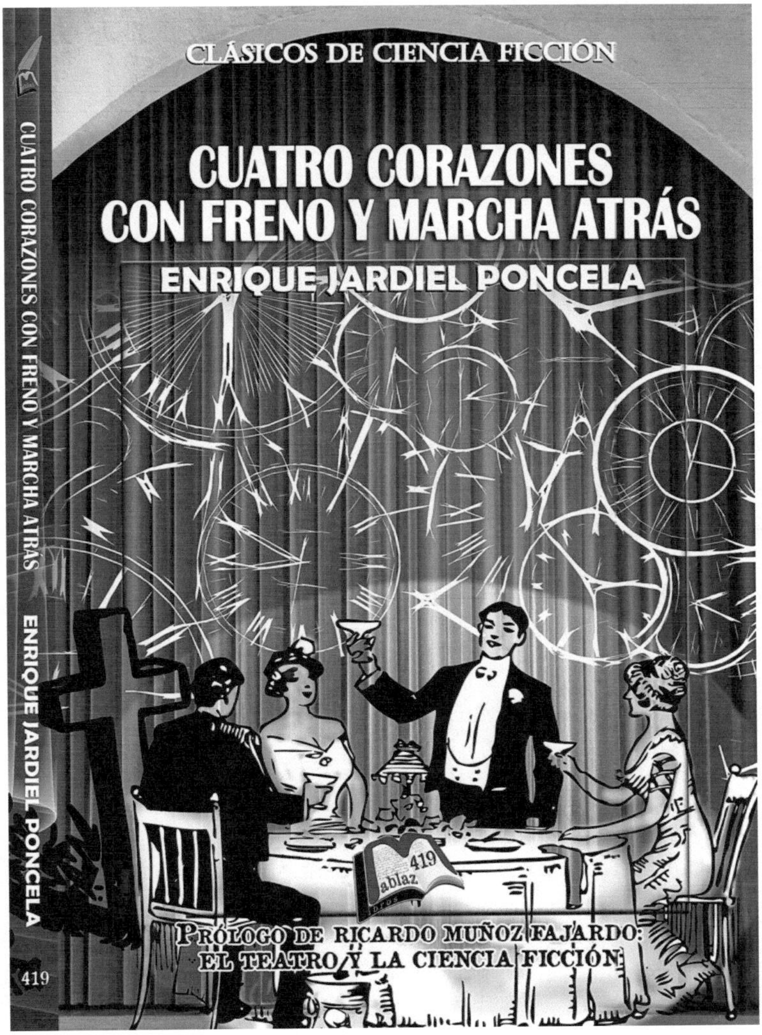

CUATRO CORAZONES CON FRENO Y MARCHA ATRÁS

ENRIQUE JARDIEL PONCELA

PRÓLOGO DE RICARDO MUÑOZ FAJARDO:
EL TEATRO Y LA CIENCIA FICCIÓN

419

Ciencia Ficción y Fantasía - 152

Cuatro corazones con freno y marcha atrás
Primera Edición, septiembre de 2025

© Libros Mablaz, Madrid, 2025
www.librosmablaz.com

© De esta edición, Libros Mablaz

blogs:
Editorial Libros Mablaz
**http://editoriallibrosmablazycienciaficcion.blogspot.co
m.es/**
Ciencia ficción y fantasía en Libros Mablaz:
http://mablazlibros.blogspot.com.es/
Librería en Todocolección:
**https://www.todocoleccion.net/s/catalogo?identificad
orvendedor=LibrosMablaz**

Diseño de cubiertas: Mari Carmen López

ISBN: 979-13-990941-5-2
Depósito Legal: M-20228-2025

LIBROS MABLAZ - 419

CUATRO CORAZONES CON FRENO Y MARCHA ATRÁS

Enrique Jardiel Poncela

Farsa en tres actos, estrenada
en el teatro Infanta Isabel, de Madrid,
el día 2 de mayo de 1936

PRÓLOGO:
EL TEATRO Y LA CIENCIA FICCIÓN

Sí, el teatro fue un escenario habitual de la temática fantástica y de ciencia ficción, llamemos como llamemos a esta última, que a veces es solo una excusa para realizar una comedia, casi siempre, o una obra dramática.

Hay que recordar que la palabra robot, universalmente utilizada para definir a una entidad de morfología más o menos humana creada artificialmente, proviene de una pieza teatral, escrita por el checo Karel Capek en 1920, estrenada en su país en 1921, de un éxito tan inmediato que fue representada en Nueva York un año después. En ella se utiliza por primera vez el término «robot», que deriva de la palabra checa *robota*, cuyo significado literal es «esclavo», referido a los siervos de la gleba, ideado por Josef, uno de los hermanos del autor de la obra, con el que sustituía a *automat*, que este mismo había utilizado en un relato anterior, *Opilec*, traducido como *El borracho*, publicado en 1917.

La editorial Libros Mablaz, que ya reeditó este título en 1917, no ha sido la única obra teatral que ha vuelto a publicar tras esta. En este mismo año, rescató del baúl de los recuerdos la obra de Honorio Maura, *1945, Comedia del porvenir*, una farsa futurista en que el mundo es gobernado por mujeres.

La validez del género del que estamos hablando para cualquier tipo de obra lo demuestra su utilización en un género tan clásico de nuestras letras como es la zarzuela. En el año 2024, Libros Mablaz reeditó *El siglo que viene, zarzuela cómico-fantástica en tres actos y en prosa*, de Miguel Ramos Carrión, que no es la única escrita utilizando el género.

Citaremos varias. La primera puede ser perfectamente *Sueños de oro, zarzuela fantástica de grande espectáculo en tres actos* (1872), de Luis Mariano de Larra, a la que la siguen *Los bárbaros del norte: zarzuela fantástica en un acto dividido en ocho cuadros, en prosa y verso* (1907), de Sinesio Delgado, autor del que citaremos una obra más, *El carro de la muerte: zarzuela fantástica extravagante en un acto, dividido en tres cuadros, en prosa*, también de 1907.

Con respecto al teatro sin más, entiéndase decir sin música, además de *1945, Comedia del porvenir*, citaremos una obra de seudofantasía también reeditada por Libros Mablaz, del insigne Lope de Vega, *La difunta pleiteada* (siglo XVII).

Además, en casi todos los catálogos de ciencia ficción española está incluida la fantasía *De Madrid a la Luna: viaje imposible cómico-lírico en dos actos y nueve cuadros, original y en verso* (1886), de Luis de Cuenca y *La mujer artificial o la receta del Doctor Miró (Pasatiempo cómico-lírico en tres actos, dividido en seis cuadros)*, de Carlos Arniches Joaquín Abati (1919).

Ejemplos de este tipo hay muchos a lo largo del mundo entero, pero mejor dejar aquí las citas a otras obras para centrarnos en el libro que tenemos entre manos, *Cuatro Corazones con freno y marcha atrás* (1936), una obra del genial

Enrique Jardiel Poncela, que escribió muchas obras de teatro, con una escritura siempre satírica, de un humor original y desbordante. Entre ellas hay varias con un tono fantástico, en cierto sentido también de ciencia ficción.

La trama de *Cuatro corazones con freno y marcha atrás* (estrenada dos meses antes del comienzo de la Guerra Civil) nos cuenta que el principal protagonista es un hombre arruinado que parece que se le van a solucionar los problemas de dinero porque es el heredero de un tío suyo. El problema es que el familiar ha tenido un antojo tonto, pues deja escrito en su testamento que los bienes que ha de alcanzar nuestro personaje solo los puede cobrar pasados setenta años, lo que supone en la práctica que nunca podrá tener acceso a los cuartos que le deberían corresponder. Un doctor amigo suyo, el mejor que tiene, se entera de su desgracia y decide inventar una pócima que proporciona la inmortalidad, que serán para el protagonista, el médico y sus respectivas novias. A estos se acaba añadiendo una quinta persona que toma el ungüento, un cartero que ha sido testigo de toda la parafernalia que ha montado el cuarteto para hacerse eternos.

Tantos años viviendo una vida que no se termina nunca no es tan divertido como el grupo quería y es entonces cuando buscan el medio de revertir el efecto de las sales que les han hecho inmortales...

Ricardo Muñoz Fajardo

CUATRO CORAZONES CON FRENO Y MARCHA ATRÁS

REPARTO DEL ESTRENO

PERSONAJES	ACTORES
VALENTÍN	Isabel Garcés.
HORTENSIA	Mercedes M. Sampedro.
ELISA	María Mayor.
MARGARITA	Carmen Sanz.
LUISA	Carmen Sanz.
ADELA	Concha Sánchez.
FLORENCIA	Concha Sánchez.
CATALINA	Concha Fernández.
MARÍA	Cristeta Miñana.
JUANA	Adela González.
EMILIANO	Juan Bonafé.
DOCTOR BREMÓN	Alfonso Tudela.
RICARDO	Enrique Guitart.
BIENVENIDO CORUJEDO	Pedro Pedrote.
ELÍAS CORUJEDO	Pedro Pedrote.
FEDERICO	Fernando Vallejo.
FERNANDO	José Orjas.
OLIVER MEIGHAN	José Orjas.
JOSÉ	Rafael Ragel.
HELIODORO	José Moncayo.
HELIODORITO	Niña Ragel.
MARINERO 1.º	Miguel Armario.
MARINERO 2.º	N. N.

CIRCUNSTANCIAS EN QUE SE IMAGINÓ, SE ESCRIBIÓ Y SE ESTRENÓ CUATRO CORAZONES CON FRENO Y MARCHA ATRÁS (Escrito por el autor)

El mes de octubre de 1934, que coincidió con mi segundo viaje a Estados Unidos, me sorprendió en California, descansando unos días de las incongruencias de Hollywood, sobre la arena soleada de Long Beach, en el Pacífico. Pero no estaba yo solo. Los españoles procedentes de Los Angeles, de Hollywood y de San Francisco, allí reunidos, éramos siete: dos actores, una actriz, un militar y tres escritores.

Los escritores: Martínez Sierra, López Rubio y yo; los actores, Pepe Crespo y Julito Peña; la actriz, Catalina Bárcena, y el militar, el capitán Martín, sevillano trasplantado a San Francisco de California. Y de regreso a Hollywood, concluido el descanso, se deslizaba el coche en que todos viajábamos por el asfalto interminable, encharcado con las anillas policromas de los anuncios luminosos, descubriendo en el horizonte los doce millones de luces de Pasadena, de Glendale, de Santa Mónica, de Compton, de Malibú y el faro de City Hall, de Los Angeles, deslumbrante a veinticinco kilómetros de distancia,

11

cuando, rompiendo de pronto el silencio, Martínez Sierra, que ocupaba con la Bárcena los asientos de atrás, y del que, hasta el momento, sólo había dado razones de existencia la lumbre reavivada del cigarrillo, murmuró, como si continuara en voz alta un razonamiento interior:

—Porque usted ahora no tendrá ánimos para coger la pluma...

Me volví a medias, intrigado.

—¿Por qué dice usted eso?

—Me ha pedido dos comedias un *producer* de Nueva York. Quiere una comedia dramática y otra cómica; las dos, violentas: ya sabe usted lo que es el público de Estados Unidos. Yo tengo pensada la obra dramática y no tardaré en realizarla; pero la obra cómica no la sé hacer. Y había pensado que si a usted le interesara estrenar en Nueva York, usted podía escribir esa obra, yo la otra, y firmar ambas los dos.

—¡Muy bien! ¡Me interesa! Ya lo creo...

—Pues no hay más que poner manos al trabajo. Piénsese usted una comedia exasperadamente cómica, con muchos incidentes y sorpresas. Y no le digo que sea muy original ni le advierto que el conflicto tenga universalidad, porque esas dos condiciones son características precisamente de sus escritos. ¿Qué le parece a usted?

—Admirable. En cuanto pueda, me pongo a escribir.

Y ya no volvimos a hablar más de ello en mucho tiempo, hasta que, a primeros de enero de 1935, la Bárcena y Martínez Sierra emprendieron el regreso a España. Fuimos a despedirlos a la estación, y él me recordó lo hablado tres meses antes.

—¿No olvidará usted la comedia cómica de Nueva York?

—No. ¿Qué he de olvidar? Si a mí me interesa más que a usted...

—Haga una sinopsis de veinte páginas cuando tenga bien pensado y resuelto el asunto, y me la manda. Pero que sea una cosa muy cómica...

—Sí, sí.

—Muy sugestiva y con muchos incidentes. Y muy violenta...

—Que sí, que sí...

El tren se desperezaba ya y se alejó, llevándose a los viajeros camino de Boston y de Nueva Orleáns.

Los que nos quedábamos volvimos a Hollywood, y, para desprestigiar el adagio de que las despedidas son tristes, nos fuimos a comer al "Live's" de Vine Street, donde servían entonces un *buffet-lunch* que *tiraba de espaldas.*

Cumpliendo lo ofrecido, en marzo de

aquel mismo año —ya en Madrid, después del estreno de *Un adulterio decente*— empecé a pensar seriamente la obra para Nueva York.

Entre los cuatro o cinco temas que brujuleaban en mi interior, pugnando por convertirse en algo "tangible", había uno cuya singularidad lo hacía descollar sobre todos, y que se había resistido siempre, tenaz, a la realización. Pero lo que en varios años del principio de mi carrera literaria no había podido ni sabido resolver, lo resolví ahora, en 1935, en plena posesión de recursos, con sólo unos días de trabajo.

Terminada la sinopsis completa de la obra *Cuatro corazones con freno y marcha atrás,* se la entregué a Martínez Sierra —que, encontrándola excelente, la hizo imprimir, enviándosela a Chappell sin tardanza— y me fui a París una temporada a descansar.

Algunos meses después, hacia octubre o primeros de noviembre, recibí un telegrama de Martínez Sierra, que andaba de *tournée* por provincias con la Bárcena, la cual recitaba unos monólogos míos como fin de fiesta a las exhibiciones de la película *Julieta compra un hijo.* El telegrama decía así:

"Aceptada por Chappell sinopsis *Cuatro corazones,* la obra debe estar entregada en seis semanas; urge que se ponga a trabajar".

14

Y sin esperar más, me puse a la tarea. El primer acto quedó concluido en diez o doce días. Coincidiendo con su terminación, empecé a ensayar en el teatro de la Comedia *Las cinco advertencias de Satanás*. Y pocas fechas después, simultaneando el trabajo con los ensayos, di principio al acto segundo de *Cuatro corazones*.

Pero este segundo acto ya no lo emprendí con el calor y la ilusión con que había comenzado el acto primero.

La causa era obvia: aceptada en Nueva York la sinopsis y recibido por Martínez Sierra el *okay* de Chappell, se hacía automático, con arreglo a la costumbre norteamericana, el envío del anticipo en metálico, y tal anticipo no era habido. Esta informalidad me alarmó, y aunque al hablar del asunto con Martínez Sierra comprobé que él no participaba de mi alarma porque, según me advirtió, tenía confianza absoluta en Chappell, no por eso me tranquilicé. Y una carta indagatoria, que envié a Nueva York a nuestra traductora en cierne, Nena Belmonte, provocó una respuesta que contribuyó a engrosar del todo mi alarma. "Míster Chappell —decía la Belmonte— giró a su tiempo los mil dólares del anticipo. Yo he cobrado ya el tanto por ciento que de él me correspondía". Pero transmitido el contenido de la carta a Martínez Sierra, este me especificó que los mil dólares desembolsados por Chappell no se referían a los *Cuatro corazones,* sino a la otra comedia que él tenía en tratos con el *producer*[1].

No podía dudar yo de la buena fe de Martínez Sierra, que, invitándome a escribir la obra pedida a él me hacía el favor impagable de introducirme teatralmente en Estados Unidos; ni podía dudar de la buena fe de Chappell, garantizada por la palabra de Nena Belmonte; pero como tampoco podía dudar de que para lo que estaba escribiendo la comedia era para ganar dinero, en ese mismo instante dejé de escribir, y como no escribir es infinitamente más fácil que escribir, por mucha que sea la facilidad con que uno escriba, la resolución no constituía para mí ningún sacrificio. Me dejaba las manos libres, el tiempo libre y toda clase de libertad de acción, libertad de acción que aproveché inmediatamente, yéndome a pasar un mes a la Costa Azul. Fue un procedimiento como otro cualquiera de consolarme del mal epílogo de aquel negocio teatral comenzado con tanta ilusión. Y allí, a ratos perdidos, y porque ni un tratamiento diario de ruleta y *baccará* es capaz de arrancar a mi alma el amor al ofi-

---

[1] Una de las acepciones del *okay* es la del conforme comercial y bancario.

cio, unas páginas en Niza y otras en Montecarlo, me entretuve en componer los prólogos de uno de mis tomos de Teatro.

Esto ponía de cierto mal humor a dos empresarios madrileños —el del Infanta Isabel, Arturo Serrano, y el de la Comedia, Tirso Escudero—, pues ambos me habían pedido sendas comedias para iniciar el Sábado de Gloria la temporada de primavera. Elvirita Noriega, dama del teatro de Tirso, que acababa de tener su primer éxito importante en la protagonista de *Las cinco advertencias de Satanás,* me envió una carta patético inductiva con vistas a que le escribiese su obra cuanto antes. En cuanto a Arturo Serrano, más expeditivo e impaciente, me llamó por teléfono desde Madrid al hotel Terminus, de Niza, logrando comprometerme en firme para entregarle la suya en abril.

Volví, pues, en marzo a España, resuelto a terminar, esta vez definitivamente, la interrumpida comedia.

Era la tercera vez que colocaba sobre mi mesa de trabajo la misma comedia. Y por tercera vez decidí rehacerla, pues al leer aquellos dos primeros actos de *Cuatro corazones con freno y marcha atrás,* construidos para los teatros de Broadway, comprendí que le resultarían excesivamente largos al nervioso e impaciente público de España; y su ac-

17

ción, demasiado diluida. Los corté y comprimí, y en muy pocos días quedaron en disposición de pasar al copista.

Así se hizo, y a primeros de abril los leía la compañía del Infanta. Grande y completo éxito de lectura. Felicitaciones. Alegría a derecha e izquierda.

Los disgustos, ¿cómo no?, surgieron al día siguiente, al hacer el reparto de papeles. Gaspar Campos, ofendido porque el protagonista le había sido confiado a Juan Bonafé, se despidió y abandonó la compañía. Carmen Sanz encontraba sus dos papeles insignificantes. Orjas estimaba que tenía poco que *hablar.* Tudela se quejaba de tener que *hablar* mucho. Vallejo pretendía *hablar* más. La Mayor advirtió que nunca había *hablado* menos... Ante tanto descontento, seguí la táctica de siempre: decirles a todos que tenían razón y no hacer caso a ninguno.

Y empezamos a ensayar los dos primeros actos. En cuanto al tercero...

El tercero *no me salía.* Esta es la verdad. Y, sin embargo, aquel tercer acto, que aún no estaba hecho, tenía que ser, era necesario que fuese, el mejor de la obra. Porque yo sabía perfectamente que para que tal comedia se mantuviese en pie, el tercer acto había de ser extraordinario.

El escritor teatral que se especializa en

obras dramáticas muere—aun después de una abundante producción—sin haber conocido lo que es un verdadero problema técnico. Opera constantemente con productos *naturales,* aferrado a lo *verosímil* y a lo *corriente,* y se dirige a un público que se traga, por ejemplo, escenas horrorosamente aburridas sin el menor asomo de impaciencia, ni de queja, *porque lo que está viendo y oyendo es una obra dramática.* Lo propio les sucede a los autores de comedias digamos sentimentales. Cuanta menos imaginación tengan esos escritores, mejor; nadie les va a exigir imaginación, ni ingenio, ni singularidades en el tema. Por el contrario, público y crítica van a aplaudirles precisamente—como si ello fuera una virtud y no un defecto—la falta de toda cualidad brillante. Yo no puedo menos de reírme cuando en alguna reseña de estreno, y a guisa de elogio, leo —muy a menudo— cosas como esta: "la acción de la obra corre recta y sin divagaciones". Lo cual es tanto como decir: "El autor, que no ha tenido más que una idea —y esa, repetida ya miles de veces en el Teatro—la ha desarrollado sin que se le ocurriese ni la más pequeña partícula de otra idea complementaria". O también como si en los "Ecos de sociedad" se dijera: "La señora de Rodríguez está siendo muy felicitada porque ha dado a luz a un niño que sólo posee la cantidad justa de cerebro para llegar a ser lavaplatos de café".

El autor teatral que se especializa en dramas o comedias sentimentales, que maneja exclusivamente temas *verosímiles* y *corrientes,* no tropieza con dificultades grandes. Pero los problemas que se le plantean al escritor cómico, al huir precisamente de lo *corriente* y de lo *verosímil,* son ingentes. No obstante, el crítico se halla siempre inclinado a elogiar a aquél y a menospreciar a este, y en todos los casos tiene en menos estima la labor de este que el trabajo de aquél. Pero *crítico* y *despistado* son, con frecuencia y según es sabido, sinónimos.

Por mi parte y como escritor cómico, y dada la índole especial de mi idiosincrasia, he tenido que resolver a lo largo de cada comedia muchos arduos problemas de técnica escénica. En ellas lo *inverosímil* fluye constantemente, y, en realidad, sólo lo inverosímil me atrae y subyuga; de tal suerte, que lo que hay de verosímil en mis obras lo he construido siempre como concesión y contrapeso, y con repugnancia.

Ahora bien: esta investigación, característica de mi manera literaria, había llegado al extremo al imaginar *Cuatro corazones con freno y marcha atrás.* Es evidente —aunque pocos, pero, al menos, selectos, lo hayan re-

20

conocido así— que en los numerosísimos años de producción teatral española nunca se había izado ante la batería un tema tan absolutamente *imposible* como es ese de los mortales convertidos en inmortales y transformados luego en *jóvenes progresivos.* Segundo y primer acto eran ya buenos; pero tan irreales, apoyados en tan pura fantasía e imaginación, que sólo a fuerza de ingenio y de riqueza incidental se sostenían. El primer acto —según la experiencia me soplaba al oído— todo el mundo había de encontrarlo mejor que el segundo. Pero si el tercero no era extraordinario, no habría quien dejase de decir que era inferior al segundo y al primero.

En general, para la opinión pública —en la cual el crítico suele estar, por desgracia, incluido— no hay primer acto cómico, por inferior que sea, que no parezca superior a los siguientes; ni hay tercer acto cómico, por superior que sea, que no parezca inferior a los anteriores. Este curioso fenómeno, que hace tiempo que tenía ganas de abordar por escrito, obedece a causas que creo ser el primero en someter a análisis. Todo público se halla compuesto de gentes de diversa educación, diversa cultura y diverso carácter, salud, edad, posición económica, situación espiritual, etc., reducidas —por el hecho circunstancial de constituir una masa— a un común denominador. Antes de comenzar un espectáculo cómico, y durante el desarrollo del primer acto, todo contribuye a que ese público se muestre alegre, optimista y en la mejor disposición de ánimo para juzgar excelente lo que está viendo y escuchando: la sala rebosa oxígeno puro; el espectáculo comienza y es una promesa risueña; los organismos se hallan descansados y se retrepan cómodamente en las butacas; el planteamiento de la comedia se compone de sorpresas y de incógnitas intrigantes, que atan y excitan la atención. Poco esfuerzo tiene que hacer el autor para entretener, interesar y divertir a un auditorio tan favorablemente dispuesto. Durante el segundo acto la cosa ha variado ya: en la sala, mezclado con el oxígeno, hay un crecido tanto por ciento de ácido carbónico; el espectáculo está mediado, y va dejando de ser una sorpresa; los organismos empiezan a sentirse fatigados de reír, y, a fuerza de removerse en ellas, las butacas no resultan ya tan cómodas; las sorpresas y las incógnitas de la obra, en fin, se despejan sucesivamente, con lo que el interés de lo desconocido empieza, por ley fatal, a decaer. Pero en el tercer acto las condiciones adversas han llegado al límite: en la sala, el exceso de ácido carbónico produce una pesantez en todos los cerebros; la risa ha fatigado ya los organismos con su violenta excitación nerviosa, y las butacas, al cabo de dos horas y media de uso, empiezan a considerarse como un mueble mal calculado; el desenlace próximo va reduciendo al mínimo las incógnitas y sorpresas de la obra; el momento de que el espectáculo concluya es inminente: cada espectador piensa, de cuando en cuando y con disgusto, en que ha de irse a la calle y a casa a enfrentarse de nuevo con las realidades ásperas de la existencia, y al otro día volver al trabajo, y tal vez resolver un problema económico importante, y, automáticamente, la suma subconsciente de todas esas circunstancias desagradables se le carga en su cuenta al autor. Así, cuando el telón baja definitivamente —momento de suprema acidez para el público hiperestesiado de una obra cómica—, es frecuente oír al espectador, que desfila casi siempre malhumorado:

—El último acto es peor que los otros...

Y también:

—Ya en el segundo baja mucho la comedia...

Y, por último, recordando como un pasado dichoso los momentos felices que vivió en su primera hora de estancia en el teatro:

—El acto que es bueno de veras es el primero...

Pero si el tercer acto, que le ha parecido malo, lo hubiera escuchado al principio, se le habría antojado primoroso. Y viceversa. De todo esto se desprenden tres aforismos axiomáticos, que el crítico y la persona de buen sentido debían tener presentes constantemente al juzgar una obra cómica; a saber:

Ningún primer acto es tan bueno como parece.

Un segundo acto que no desdice del primero es siempre superior a él.

Si un tercer acto se sostiene al nivel de los anteriores, es magnífico, y si los supera, es extraordinario.

En toda obra cómica, por las razones expuestas, cada acto es más difícil de componer que el anterior. Tratándose de *Cuatro corazones,* esta dificultad del tercer acto llegaba al sumo. Ya en la sinopsis enviada a Chappell había yo escamoteado el acto último, por lo peliagudo de conseguir una bengala final que rematase con el suficiente resplandor la sesión de fuegos artificiales de los dos actos primeros. Pero ahora, puestos en ensayo esos dos primeros actos y acercándose la fecha de estreno por días, no cabía escamoteo ninguno. Había que continuar y rematar el singular conflicto —de solución casi imposible— de modo que sorprendiese y no defraudase, y sin perder la subterránea corriente dramática, poética y humana que fluía ininterrumpida bajo el humor de la forma.

24

Había que *echar el resto* para mantener —y aumentarla— hasta el final la gracia inverosímil de la comedia. Había, en fin, que escribir un acto *extraordinario* para asegurar el éxito, que sin un tercer acto extraordinario, dado lo excepcional del tema, quedaría comprometido. (Y conociendo las reacciones habituales del público y la crítica en tales casos después de escribir ese acto extraordinario... había que resignarse de antemano a que no le pareciese extraordinario a nadie...)

Estos eran los términos del problema, y con semejante frialdad realista me lo planteaba yo al pensar un día y otro el desarrollo de aquel acto extraordinario.

Pero quizá mentalmente no estaba *en forma* en tales momentos, porque el acto extraordinario *no me salía.*

Los ensayos de los dos primeros avanzaban rápidamente; el estreno, ya anunciado, se echaba encima; Serrano y la compañía suponían que el tercer acto se hallaba ya medio concluido...

... Pero el acto no estaba ni empezado siquiera.

La situación comenzaba a ser angustiosa.

Y en semejante callejón sin salida —como he hecho siempre que me he hallado ante problemas insolubles —recurrí a *mi muerta*—.

(Estos prólogos, en que refiero las circunstancias bajo las que fueron ideadas, escritas y estrenadas mis comedias, no poseen —ni yo quiero que posean— más valor que el desprendido de una estricta sinceridad. A la sinceridad lo sacrifico todo en ellos, porque de no ser sincero no tendrían razón de existir. Y nada me importa, con tal de lograr esa sinceridad, aparecer yo a los ojos de los tontos, unas veces, como un engreído, y otras veces, como un ingenuo. Nunca he escrito para los tontos, aunque no puedo evitar que algún tonto me lea, y los inteligentes comprenden de sobra que la declaración de las propias deficiencias y debilidades no es nunca ingenuidad y que el exacto conocimiento de las virtudes y del valer propios nunca es engreimiento).

Digo que, como he hecho siempre que me he hallado ante problemas insolubles, en semejante callejón sin, salida, recurrí a *mi muerta.*

Mi muerta pasó a la otra vida, quizá para mejor proteger a los que habíamos de quedar en esta, durante el verano de 1917, en la villa aragonesa de Quinto de Ebro, de la que todos mis ascendientes por línea paterna son oriundos y en donde los de nuestra familia solíamos pasar un mes o dos todos los años, vacaciones que consumíamos cazando y montando a caballo, menos *ella,* que las aprovechaba para trabajar, libre de preocupaciones, en su arte, pintando a pie firme jornadas enteras. Entonces Quinto de Ebro era un nombre insignificante. Hoy rebosa de forma heroica por el coraje desesperado con que la gente de allí se batió en agosto de 1937. Y justo veinte años antes, en el silvestre cementerio de Quinto, había quedado mi muerta enterrada.

Durante mucho tiempo, en momento de desmayo o de dificultades, y en épocas de mala suerte o de tribulación, aquel cementerio silvestre de Quinto con el blanco rectángulo de la losa de *ella,* que parecía un último cuadro que ya no le hubiera dado tiempo a pintar, pero en el que hubiese dejado su nombre profesional como recuerdo: MARCELINA PONCELA DE JARDIEL —fue la basílica de mis peregrinaciones—.

Aquella vez en abril de 1936, lo fue también. Cogí el coche, atravesé los treinta y tres pueblos del trayecto y llegué a Quinto. Ya allí, pedí las llaves a la guardesa y subí al cementerio, calcinado por el sol de los montes.

Me detuve ante la blanca losa, y me dejé caer a su vera. Allí abajo, a un metro de profundidad, *mi muerta* aguardaba solícita, dispuesta a que la pusiera al tanto de aquellos intrascendentes problemas artísticos que a ella, por ser artísticos y por ser míos, le parecían trascendentales.

Durante un largo rato le expuse en silencio mis dudas y vacilaciones, seguro de hallar su respuesta sin palabras, mezclada entre mis propias ideas, en el momento justo en que me fuera imprescindiblemente necesario.

Luego encendí un cigarrillo, y recordándole mentalmente el pasado, que es el regalo que más agradecen de nosotros los muertos, le hice compañía hasta el crepúsculo. Con el primer ramalazo morado de la noche, me levanté, salí, cerré la puerta del cementerio, separándome de mi muerta, al través del ventanillo enrejado, con una mirada de adiós, y me alejé de allí ilusionado y feliz, a la espera de la inspiración decisiva que me permitiese terminar mi trabajo interrumpido y que sólo yo sabía de qué región lejana iba a proceder.

Y la inspiración esperada no tardó mucho.

(¡Ánimo! Ahora es un buen momento para que el tonto que esté leyendo estas páginas sin mi permiso se sonría con aire superior y suficiente, compadeciéndome de tanta ingenuidad).

Al día siguiente, de regreso a Madrid, corría ya por entre los olivares de La Almunia y me amodorraba en la monotonía del volante, cuando, de pronto, se me disipó la modorra y *vi* claro y patente mi tercer acto, desde el principio hasta el final, con incidentes y detalles, a la velocidad vertiginosa del pensamiento. A *pesar de todo,* no pude evitar una emoción profunda.

Paré en La Almunia, y sentado ante una mesa de un cafetín del pueblo, anoté ligeramente todo lo que *se me acababa de ocurrir.* Después continué el viaje.

El famoso tercer acto podía considerarse desde aquel instante como terminado. Ya apenas si me faltaba otra cosa que escribirlo.

Mi llegada a Madrid desde Quinto de Ebro coincidió con la de Martínez Sierra desde Tetuán. Me preguntó en seguida por el tercer acto de la obra, cuyo estreno anunciaba Serrano para el día 2 de mayo.

—Va a salir muy bien—le dije.

—¿Está usted ya acabándolo?

—No. No lo he empezado aún. Pero es cosa de cuatro o cinco días.

Como Martínez Sierra sabía de teatro todo cuanto se puede saber, y como a él, por tanto, le constaban igual que a mí las densas dificultades que ofrecía el tercer acto de *Cuatro corazones,* al oírme decir que pensaba escribirlo en cuatro o cinco días se alarmó. Pero yo tenía mis razones íntimas y personales para estar seguro de cumplir lo que decía y para no preocuparme de su alarma. Y a la mañana siguiente emprendí el trabajo, y cinco días más tarde lo concluía. Con él en el bolsillo, me encaminé al teatro. Encontré en la puerta a Martínez Sierra y a Serrano, que iban a entrar. Vinieron hacia mí.

—¿Qué?

—¿Cómo anda eso?

—Ya está.

—¿Que ya está?

—¿Que ya está?

—Ahora mismo lo he terminado.

—Y además—reaccionó Serrano—le ha quedado muy bien. Se lo conozco en la cara.

Sí. "Había quedado" muy bien.

(Y ahora ha llegado, a su tiempo, el momento de que el tonto que está leyendo estas páginas sin mi permiso cierre el libro indignado, acusándome de engreído y de fatuo).

Porque podría callarme lo que voy a decir. Pero no me da la gana de callármelo. Desde niño conviví con personas refinadas, decididas a educar y a depurar a diario un gusto que ya por herencia era en mí selecto. Gracias a esa herencia espiritual y a esa educación vigilante, poseo —y estoy convencido de ello— un buen gusto y un sentido del juicio de primerísima línea y rudamente insobornables.

A esta convicción, de la dureza y firmeza de la piedra, hay que achacar el desdén, unas veces, y otras veces la indignación que me invade cuando veo a un pobre hombre — autor o crítico casi siempre— enfrentarse con mi producción y juzgar como bueno lo que yo sé que es malo o juzgar como malo lo que yo sé que es bueno. De ese exasperado buen gusto y de esa pétrea seguridad en el propio criterio nace la personalidad inalterable de toda mi labor literaria. A ese exasperado buen gusto y a esa pétrea seguridad en el propio criterio también se debe el que cuando escribo de mí mismo, pueda permitirme el lujo de una feroz sinceridad, echando por tierra aquella parte de mi labor que creo que debe ser echada por tierra y ensalzando la que me consta que es digna de ser ensalzada, sin que me importe ponerme voluntariamente a los pies de los caballos en el caso primero, ni me preocupe en el caso segundo que los demás se afanen para combatir mi fallo.

Así, al hablar de lo que he hecho para la Escena y de lo que deseaba hacer, tengo estampadas opiniones severísimas y de una agresividad no empleada por ningún escritor, al tratar de sus propias obras, contra algunas comedias mías, celebradas indefectiblemente por los públicos y elogiadas en su estreno por la crítica oficial, pero *no aprobadas igualmente por mí mismo,* por haber sido compuestas para que les gustasen a los demás, pero en desacuerdo con mi gusto personal.

Y hoy, a la inversa, al ocuparme de *Cuatro corazones con freno y marcha atrás,* farsa más exaltada y celebrada por el público que estimada y elogiada por la crítica, y escrita con sujeción estricta a mi criterio y gusto exclusivos, no tengo inconveniente en reafirmar lo que antes he dejado dicho: que se trata de una obra excepcional en su género, nutrida de fantasía, sostenida a fuerza de ingenio y de riqueza incidental, y de tan alta calidad con respecto a la restante producción cómica contemporánea, que —sin caer en la injuria— no admite parangón con ella ni igualdad de trato posible. Y sólo la insuficiencia mental, la absoluta ausencia de juicio para determinar lo que es arte y lo que no lo es, una perversión del gusto, el rencor o la mala fe pudieron impulsar a algunos que tenían que fallarla a no reconocerlo así.

Muchos, por el contrario, sí lo han reconocido aquí y en el extranjero; pero, aunque no lo hubiera reconocido nadie, me habría dado igual. He dicho—y repito—que en cuestiones de arte mi propio sentido del juicio y mi propio buen gusto me bastan en el presente. Y hasta en el porvenir; porque, en cambio, no he dicho, pero lo digo ahora, que la posteridad me importa un rábano. Literariamente he conseguido ya formarme un mundo para mí mismo, en el que me aíslo como el buzo en la escafandra. Esto de escribir no teniendo en cuenta otra opinión que la íntima y despreciando los demás criterios produce un bienestar mental y físico inefable, y, además —resultado estimulante—, crea una masa de lectores y espectadores entusiastas siempre dispuestos a celebrar y aplaudir esa manera de hacer y no otra.

(Se convertía en imprescindible subrayar todo esto, aunque sólo fuera para darle cierta luz al oscuro y grosero confusionismo en que el arte —y singularmente el teatro— se desenvuelve, y en el que lo bueno y lo malo, lo selecto y lo pedestre, lo inteligente y lo estólido, lo original y lo plagiado, son apreciados por igual por quienes están precisamente en el deber de establecer la justa diferenciación).

Puesto también en ensayo el acto tercero, nos preparamos a estrenar el día anunciado.

A Serrano le parecía el título demasiado largo, y, buscando uno corto, topé con el de *Morirse es un error,* bajo el que la obra había de figurar en los carteles.

Ante la máxima expectación de siempre, *Morirse es un error* se estrenó en la noche del 2 de mayo, con decorados de Burmann y trajes bocetados por Ontañón.

Los dos primeros actos fueron acogidos de un modo entusiasta.

Pero en el descenso del telón sobre el segundo acto, y a pesar del aplauso unánime de la sala, los inteligentes sintieron miedo por la suerte del resto de la comedia. Era el mismo miedo que yo había sentido, y ellos —igual que yo— comprendían que lo singular, lo excepcional, lo irreal del tema, resultaba dificilísimo, casi imposible de sostener al mismo *tren* durante un acto más; ellos —igual que yo— comprendían, al acabar el segundo, que para rematar la obra era imprescindible un acto tercero extraordinario. Sólo que yo —que tan angustiado había vivido mientras pensaba el tercer acto— ahora, en el trance del estreno, me hallaba ya tranquilo, porque estaba seguro de haber escrito aquel tercer acto extraordinario imprescindible. Efectivamente, y contra todos los temores, en el acto tercero el éxito alcanzó temperaturas de triunfo inusitadas. La sala era un oleaje de regocijo, y hubo momentos de aplausos tumultuosos, como —por ejemplo—

cuando Valentina, ya adolescente, hace callar a su hijo de sesenta años con el imperativo de: "¡Ni una palabra más, Chichín!"

Lograr semejante reacción, después de dos horas y media de risa y de haberle extraído a un tema todas sus sustancias, no es cosa al alcance de muchos. En aquel momento, entre los profesionales del teatro en España no estaba al alcance de nadie.

Los críticos dijeron unánimemente *que lo mejor de la obra era el acto primero.*

Y, años después, con motivo de la *reprise* de la comedia en Madrid, los críticos repitieron sus viejos discos, y algunos de ellos se extrañaban en sus reseñas de que se le hubiera cambiado el título. Cualquiera que no fuera un crítico hubiese sospechado que a mí me gustaba más el título de *Cuatro corazones con freno y marcha atrás* que el de *Morirse es un error.* Y cualquiera que no fuese un crítico habría pensado, sobre todo, que, escrita la obra en una época en que las gentes se morían de la gripe y repuesta en un momento en que la juventud caía en los frentes por la patria, *Morirse es un error* no era el título más apropiado ni oportuno.

Pero pedirle a un crítico que discurra es forzar su naturaleza y plantearle un problema mental de primer orden.

Y yo no soy capaz de tanta crueldad.

La acción del primer acto, en Madrid, en 1860; la del segundo, en 1920, en una isla desierta del Océano Pacífico; la del tercero, en Madrid, en 1935.

ACTO PRIMERO

Una sala de recibir en casa de Ricardo. Puerta al foro, que simula conducir a un pasillo y a la entrada de la casa. Otras dos puertas en el último término de la derecha y en el primer término de la izquierda respectivamente, que llevan a otras habitaciones interiores. Las tres puertas son de dos batientes, con soportes de metal dorado. Según se ha dicho, la acción de este acto primero transcurre en la segunda mitad del siglo XIX, mediado el año 1860, y, por tanto, el decorado y el "atrezzo" están de absoluto acuerdo con la época. Las puertas se hallan provistas de amplios y pesados cortinones, que se recogen a los lados con pliegues. Las paredes, de papel rameado con baquetillas de madera, aparecen pródigamente adornadas con cuadros al óleo y grandes platos de escayola, en el fondo de los cuales se han pintado marinas, puestas de sol y frutas o flores. Todos los muebles, susceptibles de soportar encima algún objeto, rebosan de "bibelots" y de figuritas de porcelana atrozmente artísticas. Grandes consolas sostienen candelabros con velas y quinqués de petróleo, y entre ellos se alzan fanales de cristal, en cuyo interior rebosan barquitos y toda suerte de trabajos hechos con conchas, corales y perlas falsas. Fotografías de familia. Pendiente del techo, una gran lámpara con luces de gas o petróleo. En los rincones, maceteros que sostienen tiestos de plantas artificiales y flores de trapo. El suelo es de ladrillos rojos y blancos, tapado a trechos por alfombras de nudo, hechas a mano. Presidiendo la escena, una imagen de San Isidro, delante de la cual arde una lamparilla de aceite, iluminándola. Sillones y sofás de peluche de color y madera negra, confidentes "vis-à-vis", sillas curvadas y veladores. Colgando junto a la puerta del foro, cordón de una campanilla. Son las siete de la tarde de un día de primavera. La puerta del foro está abierta, y las otras dos, cerradas.

Al levantarse el telón, en escena, Emiliano. Es un individuo de unos cuarenta años, cartero de profesión, en pleno ejercicio de su cargo. Viste el uniforme de los carteros de la época y lleva una gruesa cartera colgada del hombro. Su actitud es la de un hombre estupefacto e intrigado, porque conviene advertir

que ha entrado hace mucho tiempo en aque-
lla casa a entregar una carta certificada y no
ha conseguido que le atienda nadie, que nadie
le firme el recibo y que nadie se ocupe de él.
Emiliano se halla sentado en una silla, cons-
ternado y sin saber qué pensar de lo que su-
cede. Un reloj que hay sobre un mueble da
siete campanadas.

EMPIEZA LA ACCIÓN

EMILIANO. —Las siete de la tarde; y entré aquí a las doce y media... Hoy es cuando me echan a mí del noble Cuerpo de Carteros, Peatones y Similares, recientemente constituido. Pierdo el empleo como mi abuelo perdió el pelo y mi padre perdió a mi abuelo. Pero yo no me voy de aquí sin que me firmen el certificado y sin enterarme de lo que ocurre en esta casa. *(Dentro, en la derecha, se oyen unos ayes lastimeros. Emiliano se levanta sin querer, sobresaltado, y en seguida vuelve a sentarse).* Otra vez los ayes... Seis horas y media de ayes. He llegado a pensar si estarán asesinando a un orfeón... Por otro lado, la casa parece honorable, y al mismo tiempo esto de que sus habitantes no me hagan caso... *(Por la izquierda sale Catalina, que es una doncella de servicio de la casa. Emiliano se levanta con ánimo de hablarle y de que le atienda).* Joven... Chis... Joven...

(Catalina cruza la escena sin hacer caso, hablando sola, preocupadísima).

CATALINA. —¡Válgame Dios!... ¡Válgame Dios!... ¡Válgame la Santísima Virgen!...

EMILIANO. —Me hace usted el favor, joven, que estoy aquí desde las doce y media, porque traigo un certificado para don Ricardo Cifuentes...

(Catalina ni le mira siquiera).

CATALINA. —¡Válgame el Redentor!...

(Catalina se va por el foro, como si Emiliano no existiera en el mundo. Emiliano queda en la puerta del foro con la palabra en la boca. Por la derecha sale entonces Adela, una muchacha de unos veinticinco años, muy bonita; lleva traje de calle y la capotita puesta. Está tan preocupada como Catalina y se va en dirección a la izquierda, hablando sola también. Emiliano, en cuanto la ve, intenta, naturalmente, entablar el diálogo).

EMILIANO. —Tenga la bondad, señorita,

que estoy aquí desde las doce y media, porque traigo un certificado para don Ricardo Cifuentes...

ADELA. —¡Dios mío de mi alma!... ¡Dios mío de mi corazón!...

(Han llegado a la izquierda, y Adela hace mutis por aquel lado, sin atender a Emiliano y dándole materialmente con la puerta en las narices. Entonces, por el foro, vuelve a salir Catalina, esta vez en dirección a la derecha. Emiliano echa a correr hacia ella).

EMILIANO. —Joven... Joven... Joven... Chis... Oiga, joven...

(Catalina se va por la derecha, cerrando la puerta tras sí. En el mismo instante, por la izquierda, sale nuevamente Adela, en compañía de Luisa, que es un ama de llaves de unos cincuenta años, hablando entre sí, siempre muy preocupadas, y en dirección a la derecha. Emiliano se lanza en el acto a abordarlas con la misma falta de éxito de siempre).

LUISA. —Todo, señorita Adela; todo... Hemos hecho todo lo que se podía hacer...

EMILIANO. —Señoras... ¿Tienen la bondad, señoras?

(Las sigue).

ADELA. —¿Y avisaron a la señorita Valentina? ¿Y a doña Hortensia?

(Andando rápidamente hacia la derecha).

LUISA. —Sí. Ha ido José en el coche. Ya no puede tardar.

EMILIANO. —*(Andando, como siempre, al lado de ellas).* Señoras, hagan el favor, que estoy aquí desde las doce y media, porque traigo... *(Han llegado los tres a la derecha, y Adela y Luisa se van hablando entre sí, sin contestar a Emiliano).* Nada, no hay manera. *(Por el foro, procedente de la calle, entra María, otra doncella al servicio de la casa, cargada de paquetes, jadeando por una larga carrera y más preocupada, si cabe, que las demás. Emiliano se esperanza al verla).* ¡Hombre, la que abrió la puerta esta mañana! *(Va hacia ella).* Joven...

MARÍA. —*(Que iba hacia la derecha, deteniéndose).* ¡Hola, buenas! ¡Loca vengo!... ¡Sin respiración vengo!... ¡ Sin saber por dónde piso vengo!...

EMILIANO. —*(Hablando para sí).* Esta se va a explicar.

MARÍA. —¡Vaya un día!... ¡Menudo día!... ¡Dios mío, qué día!

EMILIANO. —Mal día, ¿eh?

MARÍA. —¡Uf!... ¡Qué día! ¡¡Qué día!!... Pero y usted, ¿qué hace aquí todo el día?

EMILIANO. —Pues ya lo ve usted; pasando el día. Ni he conseguido que me firmen el certificado ni enterarme de lo que ocurre en la casa.

MARÍA. —¡Flojo es lo que ocurre en la casa!...

EMILIANO. —Oiga usted: ¿y qué es lo que ocurre?

MARÍA. —¿Que qué ocurre? Mentira parece lo que ocurre. Espérese usted, que voy a ver si ha ocurrido algo más.

(Se va por la derecha, dejando en un sillón los paquetes que traía. Emiliano queda inmóvil, más intrigado y fastidiado que nunca. Por el foro irrumpe José, que es el cochero de la casa. Viste de uniforme y tiene unos treinta años. José, como los restantes personajes, está muy preocupado y con síntomas de tener mucha prisa. Entra a dar un recado y se detiene para hablar rápidamente).

JOSÉ. —¡Hola, amigo! Buenas tardes.

EMILIANO. —*(Volviéndose)*. ¿Eh?...

(Va hacia él nuevamente, esperando por saber y por averiguar).

43

JOSÉ. —No puedo entretenerme; soy el cochero del señor Cifuentes, ¿sabe usted? Bueno, pues le dice usted al ama de llaves, doña Luisa, ya sabe usted quién le digo... Le dice usted que de parte de José que he hecho los recados que me mandó: que he avisado ya a la señorita Valentina y que ya está informada de todo doña Hortensia. Que el señor Bremón quedó en venir a las siete y media. Y que me ha dicho que lo que sucede aquí tenía que suceder, y que no es extraño que suceda. ¿Se le olvidará a usted algo?

EMILIANO. —A lo mejor, no; pero oiga usted, ¿qué es lo que sucede aquí?

(José lanza un silbido ponderativo e inicia el mutis. Cuando va a salir por el foro entra el señor Corujedo, un caballero de unos cincuenta años, de aire amable y educadísimo).

CORUJEDO. —¿Se puede?

JOSÉ. —Sí, señor; pase usted. *(A Emiliano).* Lo que sucede aquí... *(Silba aún más fuerte).* ¡Ea, adiós!

(Se va por el foro).

CORUJEDO. —¿Da usted su permiso?

EMILIANO. —Adelante, caballero. *(Para sí).* A ver si este está al tanto. *(A Corujedo).* Pase usted, hágame el favor.

CORUJEDO. —Muchas gracias.

EMILIANO. —Siéntese y póngase cómodo.

CORUJEDO. —*(Sentándose).* Es usted muy amable.

EMILIANO. —Con toda confianza. Está usted en su casa... El que no está en su casa soy yo, pero da igual.

CORUJEDO. —Me llamo Elías Corujedo.

EMILIANO. —Hace usted bien.

CORUJEDO. —¿Eh?

EMILIANO. —Y como le supongo a usted enterado de lo que ocurre aquí...

CORUJEDO. —Pues verá usted: yo no tengo la menor idea de lo que pueda ser.

EMILIANO. —¡Hum!...

CORUJEDO. —Yo venía a ver al señor Cifuentes para proponerle un negocio, me he encontrado abierta la puerta de la escalera y he entrado. Ya había venido esta mañana, pero me ha sucedido una cosa que no la va usted a creer.

EMILIANO. —¿El qué?

CORUJEDO. —Que estuve aquí cerca de media hora sin que nadie me hiciera caso.

EMILIANO. —¿Es posible?

CORUJEDO. —En vista de ello he vuelto esta tarde. Soy agente de seguros de vida.

EMILIANO. —¿Y eso qué es?

CORUJEDO. —Un negocio nuevo, llamado a tener un gran porvenir.

EMILIANO. —¿Y en qué consiste?

CORUJEDO. —Pues consiste en que el asegurado pague una pequeña cantidad mensual a la Sociedad que le asegura, y la Sociedad, cuando el asegurado se muere, le da una serie de miles a la viuda o a la familia.

EMILIANO. —Lo que discurren en este siglo... Pero oiga usted, y la gente, ¿cómo recibe esa proposición?

CORUJEDO. —Al principio me oyen amablemente, pero cuando se enteran de que para cobrar tienen que morirse se indignan y me atizan.

EMILIANO. —¡Claro!...

CORUJEDO. —La gente está muy atrasada, pero algún día el seguro de vida será una cosa corriente. Tenemos la suerte de vivir en una época, amigo mío, que nos reserva grandes sorpresas... Me han dicho que en el extranjero han inventado un artilugio que se llama teléfono y que sirve para hablar desde una población con otra.

EMILIANO. —¡Lo que tendrán que gritar!...

CORUJEDO. —Y que hay países donde han empezado a usar un chisme que le dicen telégrafo, y que consiste en mandar cartas por la electricidad.

EMILIANO. —*(Dando un salto)*. ¡¡No!!

CORUJEDO. —Sí, señor; sí.

EMILIANO. —Cállese, cállese, caballero... *(Le tapa la boca)*.

CORUJEDO. —¿Eh?... ¿Pero?...

EMILIANO. —Hágame el favor de callarse, que si se enteran de eso aquí, en España, me quedo sin empleo. ¿No ve usted que soy cartero? En cuanto empiecen a mandar las cartas por la electricidad sobramos nosotros.

(Dentro, en la derecha, suenan unos ayes lastimeros de Ricardo, lo mismo que al principio del acto).

CORUJEDO. —Oiga usted, ¿qué es eso?

EMILIANO. —Un misterio. En esa habitación *(Por la derecha)*. por lo visto se encuentra encerrado el amo de la casa, al que de vez en vez se le oye quejarse.

(Van a la puerta y escuchan. Entonces, dentro se oyen risas, grandes carcajadas).

CORUJEDO. —Pero..., pero, ahora se ríe... Y dentro hay varias personas que hablan a un tiempo... ¿Quiénes son?

(Por el foro, mientras hablan, ha entrado Juana, la portera de la casa, una mujer de unos cuarenta años, y que se dirige hacia Corujedo y Emiliano, concluyendo la última frase de Corujedo).

JUANA. —... La profesora de pintura.

EMILIANO y CORUJEDO. —*(Al mismo tiempo).* ¿Eh?

JUANA. —Don Ricardo..., las doncellas y doña Luisa, el ama de llaves...

EMILIANO. —¿Y usted?

JUANA. —La portera.

EMILIANO. —*(A Corujedo).* ¡Huy!... Está enteradísima.

CORUJEDO. —Seguro...

EMILIANO. —Oiga usted... ¿Aquí qué ocurre?

JUANA. —Si yo pudiera hablar...

EMILIANO. —Por sus hijos, hable usted, señora.

JUANA. —En secreto... puedo decirles que en esta casa vive don Ricardo Cifuentes.

CORUJEDO. —Ya...

EMILIANO. —De esto es de lo único que estábamos enterados.

JUANA. —Don Ricardo es un muchacho de unos treinta años, soltero y huérfano...

CORUJEDO. —¿Profesión?

JUANA. —Ninguna,

EMILIANO. —La mejor profesión que se conoce.

CORUJEDO. —Pero, aparte de pintar al óleo, ¿a qué se dedica don Ricardo?

JUANA. —Pues don Ricardo se ha dedicado a divertirse y a quedarse sin un céntimo de la fortuna que le dejaron sus padres, y a esperar a que se muriera su tío Roberto, para heredarle y casarse con la señorita Valentina.

EMILIANO. —¿El tío Roberto es rico?

JUANA. —Millonario...

EMILIANO. —Y no se muere, claro.

JUANA. —Se murió el jueves pasado.

EMILIANO y CORUJEDO. —*(Al mismo tiempo).* ¿Cómo?

JUANA. —Que se murió el jueves pasado. Hoy debía verificarse la apertura del testamento; y sé de muy buena tinta que el tío le ha dejado íntegra su fortuna: ocho millones de reales.

EMILIANO. —Entonces, lo que tiene ese hombre es que se ha vuelto loco de alegría.

JUANA. —Tampoco. Porque yo he visto con mis propios ojos, también, que el señorito ha venido disgustadísimo de casa del notario.

(Por la derecha sale María, la doncella que entró antes con los paquetes, en la actitud de quien busca algo nerviosamente).

MARÍA. —Los paquetes... ¿Dónde he dejado yo los paquetes? ¡Ah!... Sí. Aquí.

(Va al sillón y los coge. Los otros tres la interrogan ansiosos).

JUANA. —¿Qué ocurre, María?

CORUJEDO. —¿Qué?

EMILIANO. —¿Qué?

MARÍA. —Que me había dejado los paquetes y el agua de azahar.

EMILIANO. —En la casa.

MARÍA. —Claro; en ese sillón.

EMILIANO. —¿Que qué ocurre en la casa...?

MARÍA. —Pues que se ha armado el lío que se ha armado. Entre lo de la herencia y la carta del doctor...

JUANA. — ¿Pero se ha recibido una carta de un doctor?

MARÍA. —Del doctor Bremón.

EMILIANO. —Bueno joven: vamos por partes. ¿Que es lo de la herencia?

MARÍA. —Pues lo de la herencia, por lo visto es una infamia.

EMILIANO. —Pero el tío Roberto le ha dejado heredero al señorito Ricardo, ¿no?

MARÍA. —*(Asombrada).* ¿Conocía usted al tío Roberto? ¿Está usted enterado del lío de la herencia? Cuente usted... Cuente usted...

EMILIANO. —¿Eh?

(Por la derecha salen Luisa y Adela, y María las llama vivamente).

MARÍA. —¡Doña Luisa! ¡Señorita Adela! ¡Este señor lo sabe todo!

LUISA y ADELA. —*(Al mismo tiempo).* ¿Qué?

MARÍA. —Está enterado de todo al detalle.

LUISA. —¡Dios mío!... Hable usted...

ADELA. —Hable usted, caballero...

(Por la derecha, Catalina).

CATALINA. —*(A María).* ¿Qué dices? ¿Que ya se sabe todo?

MARÍA. —Todo. Este señor nos lo va a decir.

CATALINA. —¿Y qué es? ¿Qué es lo de la herencia?

ADELA. — ¿Qué quiere decir en su carta el señor Bremón?

EMILIANO. —Pero, bueno, a ver, porque voy a acabar loco... ¿Todo eso me lo preguntan ustedes a mí?

LUISA, ADELA y CATALINA. —*(Al mismo tiempo).* Claro...

MARÍA. —¿Pues a quién se lo vamos a preguntar?

EMILIANO. —Señor Corujedo, ¿oye usted esto?

CORUJEDO. —Sí. Y realmente está usted en la obligación de explicarnos...

EMILIANO. —*(Estupefacto)*. ¿Que yo estoy en la obligación de explicarles? *(A María)*. ¿Dónde está el agua de azahar?

MARÍA. —*(Alargándole una botella)*. Aquí.

EMILIANO. —*(Bebiéndose un trago)*. Venga...

(Se limpia con la manga).

LUISA. —Como María decía que...

MARÍA. —Yo, como le oí hablar del tío Roberto...

EMILIANO. —Pero si las noticias del tío Roberto me las ha dado esta señora. *(Por Juana)*.

JUANA. —¿Cómo?

EMILIANO. —*(A gritos, haciéndose dueño de la situación)*. Y yo también... Y el señor Corujedo... Y todos. Porque si dentro de tres minutos justos no nos enteramos nosotros de las cosas que suceden aquí, aquí van a suceder cosas de las que se va a enterar todo el mundo...

JUANA.—¡Pero, buen hombre!...

CORUJEDO. —Amigo mío...

(Alarma en todos).

EMILIANO. —Ni buen hombre, ni amigo, ni nada... No estoy dispuesto a aguantar el que me pregunten a mí lo que ocurre, ni mucho menos a quedarme sin saberlo, porque antes de eso mato a una...

LUISA. —¡Dios mío!...

ADELA. —¡Ay!...

CATALINA. —Avisad a alguien.

MARÍA. —Sí, sí... *(Inicia el mutis por el foro).*

EMILIANO. —Quieta, joven... De aquí no sale nadie... Me constituyo en tribunal y voy a interrogar. *(A Luisa).* Hable la testigo.

LUISA. —Pues, verdaderamente, yo no puedo decir mucho. Hasta el jueves pasado el señorito Ricardo ha venido haciendo su vida corriente; visitar noche tras noche a su tío Roberto, que ha vivido once meses asegurando formalmente que se moría al día siguiente.

CORUJEDO. — Y ¿de qué ha vivido don Ricardo en esos once meses?

LUISA. —De milagro, caballero.

EMILIANO. —Pero ¿y esta casa?

JUANA. —No paga desde agosto.

EMILIANO. —¿Es posible?

LUISA. —¡Si lo sabrá Juana, que es la portera! Y todos esos muebles, vendidos. No se los han llevado ya, porque como pesan mucho, les da pereza.

CATALINA. —Y a mí el señorito me debe el sueldo de todo el año.

MARÍA y ADELA. —*(Al mismo tiempo).* Y a mí.

LUISA. —Toma, y a mí. Y al cochero. Y a todos...

EMILIANO. —¿Y cómo le sirven ustedes?

MARÍA. —De muy mala gana.

LUISA. —La verdad es que todos esperábamos el día de hoy, porque a las nueve era la lectura del testamento. El señorito se fue a las nueve menos cuarto, y cuando volvió de casa del notario estaba pálido y deprimidísimo... Le pregunté y me contestó: "Sí, Luisita; me ha dejado de heredero universal, pero lo que ese hombre ha hecho conmigo es una infamia, una infamia..". Se echó a llorar, le entró un hipo tremendo y empezó a dar sacudidas; total, que cayó en un ataque de nervios terrible.

CATALINA. —Terrible.

CORUJEDO. —Bueno; pero ¿y las risas?

EMILIANO. —Eso es: ¿por qué se reía al mismo tiempo que se quejaba?

LUISA. —Eso es de otro asunto; lo del doctor Bremón, un antiguo amigo del señorito.

CORUJEDO. —Médico, claro...

LUISA. —Pues verá usted: es médico y no es médico.

EMILIANO. —En esta casa nadie sabe lo que es.

LUISA. —Es médico porque tiene acabada la carrera de Medicina y una fama grandísima como médico; pero no es médico porque no ejerce y, además, porque, según él mismo dice, no sabe nada de Medicina.

CORUJEDO. —¿Que no sabe nada de Medicina?

EMILIANO. —Entonces, por eso es famoso como médico.

LUISA. —Según él, la Medicina no es una ciencia, sino un arte.

CORUJEDO. —Un arte...

LUISA. —Y lo define: como "el arte de acompañar con palabras griegas al sepulcro".

EMILIANO. —¡Vaya un tío!...

LUISA. —Para él, las enfermedades se dividen en dos clases: las que se curan solas de cualquier manera y las que no las cura nadie de ninguna manera. Las primeras, como se curan solas de cualquier manera, dice que no necesitan médico, y las otras, como no las cura nadie de ninguna manera, pues tampoco.

EMILIANO. —Un genio...

CORUJEDO. —Y si no se dedica a la Medicina, ¿a qué se dedica el doctor?

LUISA. —Pues... *(Volviéndose a Adela, con aire reservado, como quien no se atreve a descubrir un secreto gravísimo). ¿Lo digo?*

EMILIANO. —*(Indignado).* ¿Cómo que si lo dice? ¿Cómo que si lo dice? Pero ¿usted cree que vamos a aguantar que nos oculte usted algo?

ADELA. —Dígalo, Luisa. Después de todo...

LUISA. —Pues nosotras creemos que se dedica a... Pero antes de decirlo voy a rezar un Padrenuestro a San Isidro para que nos libre del pecado...

EMILIANO y CORUJEDO. *(Al mismo tiempo). ¿Eh?*

LUISA. —*(Poniéndose ante la imagen).* Padre nuestro... *(Rezan todas las mujeres).*

EMILIANO. —Pero ¿ve usted esto?

CORUJEDO. —¿A qué se dedicará el doctor, que hace falta rezar antes de decirlo?

EMILIANO. —Señor Corujedo, me estoy quedando sin pulso.

LUISA. —*(Acaba con las demás la oración).* ...tentación, mas líbranos del mal. Amén. Pues nosotras creemos que el doctor Bremón se dedica a *(Bajando la voz y estremeciéndose).* a... cosas de brujería.

TODAS. —¡Jesús!

EMILIANO. —¿Cómo?

CORUJEDO. —¿A cosas de brujería?

LUISA. —Sí, señor, sí. Hace experiencias raras y descubrimientos extraños. Tiene la casa llena de bichos para probar en ellos sus experimentos. No permite entrar a nadie en su gabinete de trabajo, y, por las noches, el doctor se encierra allí horas y horas, y dicen que sale humo por debajo de la puerta.

EMILIANO. —Será que fuma.

LUISA. —No, señor, que el humo, por lo visto, tiene como un olor a azufre...

JUANA, CATALINA y MARÍA. —*(Al mismo tiempo).* ¡Ave, María Purísima!

(Se santiguan).

ADELA. —¡El doctor lee el futuro en los astros!

EMILIANO. —¡Vaya vista!

MARÍA. —¡Y le achacan no sé cuántos inventos!

LUISA. —Una de las cosas que dicen que ha inventado es ¡unas píldoras para no dormirse en la ópera!

CORUJEDO. —¡Qué cerebro!

EMILIANO. —Eso es más grande que lo del seguro de vida, señor Corujedo.

LUISA. —Por ello es nuestro miedo y nuestra angustia, porque a poco de volver el señorito Ricardo de la notaría, llegó una carta para el del doctor Bremón. Se la dejé en su cuarto, pero me olvidé de ella cuando cayó con el ataque de nervios. Asustada, mandé a esta *(A María).* que fuera a buscar agua de azahar y éter, y en el momento en que iba a ir, vimos que el señorito, en vez de quejarse, empezaba a reír a carcajadas. Entramos, aterradas, creyendo que se había vuelto loco; pero no se había vuelto loco; era que había leído la carta del doctor.

EMILIANO. —¡Caramba!

LUISA. —Parecía otro hombre: le brillaban los ojos, daba vivas al doctor y vivas a España. Y gritaba: "¡Ya está, ya está!"

EMILIANO. —¡Ya está!

TODOS. —*(Interesadísimos).* ¿El qué?

58

EMILIANO. —Que gritaba: "¡Ya está!"

LUISA. —Sí, señor. "¡Ya está!" Y en seguida dijo que avisásemos a la señorita Valentina y a doña Hortensia, y que trajéramos pasteles y champaña para celebrarlo.

EMILIANO. —Pero ¿para celebrar el qué?

LUISA. —Pues esa es la cosa, que no dijo más.

EMILIANO. —Bueno, pero ¿y la carta del doctor?

LUISA. —Aquí la tengo.

(Saca una carta de un bolsillo del delantal).

EMILIANO. —¿Y qué dice?

CORUJEDO. —¿Qué dice?

LUISA. —Pues dice... *(En este instante, por el foro entra Valentina, seguida de José el cochero. Al verla, Luisa grita).* ¡Ay! ¡La señorita Valentina...!

(Y todas van hacia ella).

EMILIANO. —*(A Corujedo).* Me parece que tampoco nos enteramos de la cartita.

(Valentina es una muchacha de veintisiete o veintiocho años, muy bonita, un poco tímida y apegada a los prejuicios de su siglo. Al entrar, asustadísima y acongojada, va abrazando a unas y otras con patetismo cómico).

VALENTINA. —Luisa...

LUISA. —Señorita Valentina...

(Se abrazan).

VALENTINA. —Adela...

ADELA. —Señorita Valentina...

(Se abrazan).

VALENTINA. —María... Juana...

MARÍA. —Señorita Valentina...

JUANA. —Señorita Valentina.

(Se abrazan).

EMILIANO. —Esta debe de ser la señorita Valentina. *(A Corujedo).*

VALENTINA. —Estoy como loca... Me parece que me va a dar algo...

LUISA. —¿Eh?

VALENTINA. —Que me den algo, que si no me va a dar algo.

ADELA. —Azahar.

JUANA. —El agua de azahar.

EMILIANO. —¡La botella!

(Vuelve a coger la botellita, limpiándola con la manga y ofreciéndosela a Valentina).

VALENTINA. —No... Azahar no quiero. ¡Quiero a Ricardo! ¡Que me traigan a Ricardo!

EMILIANO. —Pero a Ricardo no se lo podemos dar embotellado.

LUISA. —Ahora duerme, señorita.

VALENTINA. —¡Necesito verle!... ¡Pobrecito!... ¡Y ayer que me dijo que nos casaríamos en enero!... ¡Y yo que le había comprado una chistera de pelo, que son las que le gustan!... ¡Estoy malísima!... ¡Todo me da vueltas!... *(Cierra los ojos).* ¡Ay!...

EMILIANO. —Señorita, no se desmaye usted, que no nos vamos a enterar de la carta del doctor Bremón.

VALENTINA. —*(Abriendo los ojos al instante).* ¿Eh? ¿Se ha recibido una carta del doctor Bremón?

LUISA. —Esta mañana.

VALENTINA. —¿Qué dice la carta? A ver, a ver, ¡por Dios!... *(Le arrebata la carta a Luisa, disponiéndose a leer en voz alta).*

EMILIANO. —Atención, señor Corujedo. *(El cochero se echa sobre el grupo, impaciente).*

EMILIANO. —Cochero, no atropelle.

VALENTINA. —*(Que miraba el papel, suspirando).* ¡Ay, no veo!...

EMILIANO y CORUJEDO. —*(Al mismo tiempo).* ¿Eh?

VALENTINA. —¡Me bailan las letras!

EMILIANO. —Traiga usted. *(Le quita la car-*

ta a *Valentina y se dispone a leerla, seguido por todos; pero lanza una exclamación de rabia).* ¡Maldita sea mi estampa!...

LUISA. —¡Jesús!...

CORUJEDO. —¿Qué ocurre?

EMILIANO. —Que, a pesar de ser cartero, no entiendo la letra del doctor.

CORUJEDO. —Déjemela usted a mí, que he sido boticario. *(Coge la carta y lee en el otro extremo del escenario, seguido por todos).* "Doctor Bremón y Novaliches, Leganitos, veintiocho, hotel".

EMILIANO. —Más abajo señor Corujedo, que eso es el membrete.

CORUJEDO. —"Ceferino Bremón".

EMILIANO. —Más arriba, que eso es la firma.

VALENTINA. —¡Qué mala puntería tiene el señor!

CORUJEDO. —"Querido Ricardo..."

EMILIANO. —Ahí...

CORUJEDO. —"Querido Ricardo: ten serenidad para recibir la noticia espeluznante que voy a darte en esta carta..."

EMILIANO. —¡Caray!

CORUJEDO. —"La noticia es sencillamente que he triunfado".

EMILIANO. —¿Que ha triunfado?

CORUJEDO. —*(Lee).* "Mis quince años..."

LUISA. —¿Sus quince años?

EMILIANO. —Pero ¿qué edad tiene el doctor?

CORUJEDO. —"Mis quince años de esfuerzo y trabajos han resultado útiles".

EMILIANO. —¡Ah, vamos! ¡Ya decía yo...!

CORUJEDO. —"A las siete y media de esta tarde iré a verte para que hagamos juntos el sensacional experimento. Avisa a Valentina y a Hortensia, sin decirles nada aún, pues debemos descubrirles la grandiosa verdad con toda clase de precauciones, so pena de que caigan enfermas de impresión".

EMILIANO. —¡Arrea!

VALENTINA. —¡Dios mío!

CORUJEDO. —Por lo visto, el descubrimiento es una cosa fantástica que...

EMILIANO. —Bueno, siga usted y no comente.

CORUJEDO. —"El mundo es tuyo, mío y de ellas".

EMILIANO. —Se lo han repartido.

CORUJEDO. —"Ya podemos reírnos del pasado, del presente y del porvenir. Y tú, particularmente, puedes reírte del testamento de tu tío Roberto. Hasta luego. Un abrazo de Ceferino Bremón".

VALENTINA. —¡Dios mío! ¿Qué ha podido inventar o descubrir ese hombre para que Ricardo se ría del testamento de su tío Roberto, cuando eso es la canallada de las canalladas?

LUISA. —Pero, usted, señorita Valentina, ¿conoce el testamento?

VALENTINA. —¡Claro!...

(Todos rodean a Valentina).

EMILIANO. —¡Cochero! Ande a cerrar la puerta de la escalera, porque si ahora entra alguien a interrumpirnos voy a la cárcel...

JOSÉ. —Sí, señor.

(Se va por el foro).

EMILIANO. —Hable usted, señorita.

VALENTINA. —Bueno, pero... ¿Y usted quién es?

EMILIANO. —Hasta que me echen del Cuerpo, un cartero. Y hasta que me entere de lo que está ocurriendo a ustedes, un neurasténico.

CORUJEDO. —Y yo, otro.

VALENTINA. —¿Otro qué?

CORUJEDO. —Otro neurasténico, señorita.

LUISA. —El tío ha dejado al señorito Ricardo heredero universal, ¿no?

VALENTINA. —Sí. Pero con la condición infame de que no podrá entrar en el goce de los ocho millones de reales hasta dentro de sesenta años.

TODOS. —¿Eh?

LUISA. —¿De sesenta años?

EMILIANO. —Pero ¿cómo de sesenta años?

VALENTINA. —Pues eso; que hasta que no transcurran sesenta años no le entregan a Ricardo ni un céntimo de la herencia.

ADELA. —¡Qué canallada!...

LUISA. —Por eso decía el pobrecito que era una infamia...

JUANA. —Y razón tenía para los ataques de nervios.

CORUJEDO. —Pero eso, ¿cómo es posible?

EMILIANO. —¿Es que el hoy cadáver estaba loco?

VALENTINA. —No, no estaba loco. Es que el tío Roberto era un tacaño y un miserable, y tenía muy mala opinión de Ricardo desde que derrochó la fortuna que le dejaron sus padres. Siempre que se hablaba de eso, decía que a los jóvenes no se les debe dar dinero porque no saben apreciarlo, y en el testamento pone la condición de que Ricardo no disfrute la herencia hasta pasados sesenta años, con objeto de que en la época de cobrar haya sentado la cabeza.

LUISA. —¡Y tanto que la habrá sentado!...

EMILIANO. —Para esa época la tendrá echada...

LUISA. —Figúrese; ha cumplido ahora los treinta y dos. Pues cobrará los ocho millones a los noventa y dos años.

VALENTINA. —Eso es... En mil novecientos veinte..., cuando le tengan que sacar a tomar el sol en un carrito...

(Se limpia una lágrima).

EMILIANO. —Si hay carritos entonces...

VALENTINA. —¡Ricardo de mi vida!... Luisa, quiero verle... ¡Quiero verle!...

LUISA. —Le digo que duerme, señorita. Y no sería honesto y decente que la señorita entrara en la alcoba del señorito antes de casarse con él.

CORUJEDO. —Claro: ya entrará después de que se case.

EMILIANO. —Sólo que entonces puede que a lo mejor no tenga interés en entrar.

CORUJEDO. —La veo esperándose a entrar hasta mil novecientos veinte.

(Dentro suena una campanilla).

LUISA. —Han llamado... El doctor...

JUANA. —El doctor...

(María se va corriendo por el foro).

JOSÉ. —Debe de ser doña Hortensia, que ya estaba arreglándose para venir.

(Valentina sigue sentada en el sillón, atendida por Catalina, Juana y Adela. En otro grupo, Emiliano, Corujedo y Luisa).

EMILIANO. —Esta doña Hortensia, ¿es la novia del doctor?

LUISA. —¿Novia? ¡Qué más quisieran las dos!... Es prometida y gracias...

ADELA. —¡Y prometida Dios sabe hasta cuándo!...

LUISA. —¡Pobre víctima!...

EMILIANO. —Pero ¿es que a doña Hortensia también le ocurre algún drama?

LUISA. —Lo de doña Hortensia, señor Emiliano, es una tragedia.

EMILIANO. —Esta familia tiene más interés que "Los tres mosqueteros".

(Por el foro entra María, seguida de Hortensia).

MARÍA. —Pase la señora.

(Cede el paso a Hortensia. Esta es una dama de unos cuarenta años, muy elegante, de carácter exuberante, apasionado. Entra con el ímpetu de quien pisa terreno propio y es capaz de dominar todas las situaciones).

LUISA. —Doña Hortensia...

VALENTINA. —Hortensia...

(Se levanta del sillón. Todos inician un avance hacia ella. Ella los contiene con un gesto).

HORTENSIA. —¡Quietos!... ¡No se muevan!... ¡Calma!... ¡Sangre fría!... ¡Tranquilidad!... *(A Valentina, acariciándola maternalmente).* Llora, si eso te desahoga, pero no te preocupes.

VALENTINA. —¡Hortensia!

HORTENSIA. —Y ustedes no se preocupen tampoco. ¿Me ven a mí preocupada?

TODOS. —No, señora.

HORTENSIA. —Pues tengo aún más motivos que ustedes para estarlo. Pero soy mujer que no se deja rendir fácilmente. Todo tiene arreglo. Y hasta lo más malo tiene su lado bueno. La vida, por ejemplo, es amarga. Pero, en cambio, por ser amarga nos abre las ganas de comer.

EMILIANO. —¡Ole!...

HORTENSIA. —*(Volviéndose)*. ¿Qué?

EMILIANO. —Que tiene usted razón.

HORTENSIA. —No hay que dejarse abatir. Yo, a los trece años, vi fusilar a mi padre, allá en Venezuela. Cuestiones políticas. Pues bien: le vi fusilar y no lloré. Me adelanté al grupo y grité: "¡Mueran los enemigos de mi padre!"

EMILIANO. —¡Muy bien!...

HORTENSIA. —Entonces, se me acercó el cabecilla que mandaba el piquete y me dijo: "¡Toma, muchacha! ¡Te lo has ganado por valiente!" Y me dio un plátano.

CORUJEDO. —¡Caray!...

EMILIANO. —Bueno, es que en Venezuela son tremendos...

HORTENSIA. —¡Pobre padre!... Murió joven, y mi primera poesía la compuse el día de su muerte. Se titulaba: "Papá Pancho".

EMILIANO. —¿*Papapancho*? Eso será alguna fruta de allá.

HORTENSIA. —¿Cómo una fruta? Es que mi padre se llamaba Pancho, y que en Venezuela a los padres se les dice papas.

EMILIANO. —Y en España también; sobre todo cuando se les va a pedir dinero.

HORTENSIA. —Todavía recuerdo los versos aquellos; eran sencillos y juveniles. Terminaban diciendo:

Papá Pancho, papá Pancho:
tú, que amabas las hamacas,
y el mate, y el sombrero ancho,
fuiste a morir, entre estacas,
en un rancho de Caracas:
¡en un rancho,
papá Pancho, papá Pancho!...

EMILIANO. —¡Pero qué bonito!...

(Murmullo de aprobación en todos).

HORTENSIA. —Y *es* que hay que tener entereza ante la desgracia. Pero ¿y Ricardo? ¿Cómo sigue Ricardo?

VALENTINA. —*(Lloriqueando).* Yo creo que no sale de esta...

HORTENSIA. —¡Qué tontería!... Se pondrá bien; os casaréis. Todo se arreglará... Y yo me casaré también con Ceferino. Porque él lo va a solucionar todo con su nuevo descubrimiento.

LUISA, MARÍA y ADELA. —*(Al mismo tiempo).* ¿Con su descubrimiento?

JOSÉ, CATALINA y EMILIANO. —*(Lo mismo).* ¿Eh?

VALENTINA. —*(Levantándose y pasando al lado de Hortensia).* ¿Es que va a resolver hasta el conflicto de ustedes, Hortensia?

HORTENSIA. —Hasta nuestro propio conflicto, hija mía.

EMILIANO. —*(A Hortensia, muy fino).* Señora: ¿se le puede permitir a un pobre cartero que se está jugando el porvenir por las incongruencias que aquí ocurren preguntar cuál es el conflicto de ustedes?

HORTENSIA. —Nuestro conflicto, cartero, es que, desde hace tres años que conocí al doctor Bremón, no vivo más que para admirarle, para venerarle y para quererle... y que, a pesar de todo, y contra mi deseo, no puedo casarme con él.

CORUJEDO. —¿Quién lo impide?

HORTENSIA. —Lo impide el que yo no estoy ni casada, ni viuda, ni soltera.

EMILIANO y CORUJEDO. —*(Al mismo tiempo).* ¿Cómo?

HORTENSIA. —Lo que ustedes oyen. Porque mi marido desapareció en un naufragio, y a mí, por lo tanto, no se me ha declarado viuda.

CORUJEDO. —Ya comprendo... Y no se puede volver a casar, según la ley, hasta pasados treinta años.

HORTENSIA. —Eso es. Tengo ahora veintiuno.

VALENTINA. —*(Asombrada)*. ¿Veintiuno?

HORTENSIA. —*(Queriéndolo arreglar)*. ¡Huy!... Veintiuno... He querido decir treinta y tres; como suena igual... Pues *(Echando cuentas)*. tengo ahora veintiocho... Luego, con arreglo a la ley, no puedo casarme con el doctor hasta alrededor de los sesenta años.

CORUJEDO. —Realmente es un drama.

EMILIANO. —*(Maravillado)*. ¿Y dice usted que el invento del doctor soluciona también eso?

HORTENSIA. —También.

EMILIANO. —¿Qué habrá inventado ese tío?

HORTENSIA. —Esta mañana, Ceferino me envió a casa un recado lacónico, que decía "Querida Hortensia: La felicidad es nuestra, porque he triunfado".

VALENTINA. —Lo mismo que le dice en la otra carta a Ricardo.

HORTENSIA. —Y agrega: "Podemos reírnos del pasado, del presente y del porvenir..".

VALENTINA. —Igual..., igual...

HORTENSIA. —Para acabar aconsejándome:

"Y usted, particularmente, podrá reírse de la desaparición de su esposo".

VALENTINA. —Y a Ricardo le dice que puede reírse del testamento del tío Roberto...
(El reloj da una campanada).

LUISA. —La media. A esta hora dijo el doctor que vendría...

HORTENSIA. —Entonces está al caer, porque es puntual como un eclipse.

LUISA. —¿Despertamos al señorito?

HORTENSIA. —No. Déjenle descansar hasta que llegue don Ceferino.

EMILIANO. —Eso, eso; que no le despierten. *(A Corujedo).* Porque si le despiertan y me firma el certificado, me tengo que ir de aquí sin saber lo que ha inventado ese genio.

CORUJEDO. —Claro..., claro...

MARÍA. —Voy a enfriar el champaña y a preparar los pasteles.

CATALINA. —Los ha mandado traer el señorito para celebrar lo del doctor.
(Se va con María, la cual se lleva los paquetes, por el foro).

VALENTINA. —Está en todo
(Dentro suena una campanilla).

TODOS. —¿Eh?

(Dando un respingo. Un instante de pausa expectante, y por el foro entra María, disparada y sin paquetes).

MARÍA. —¡El doctor!... ¡Ya está aquí el doctor!... *(Revuelo de todos).* Voy a avisar...
(Se va por la derecha).

EMILIANO. —Estoy muerto por conocerle...

CORUJEDO. —Y yo...

(Por el foro, seguido de Catalina, entra Ceferino Bremón. Es un hombre de unos cincuenta y tres años, con el pelo gris, peinado en melena, de aire un tanto extraño, con algo de diabólico y misterioso. Los ojos le brillan con satisfacción y expresión de triunfo, como quien se halla en posesión de un secreto extraordinario, que, a pesar de su modestia científica, le permite contemplar la Humanidad un poco de arriba abajo. Sonríe con sonrisa burlona y se acaricia la barbita en un gesto insinuante y sugestionador).

BREMÓN. —Buenas tardes a todos...

VALENTINA. —¡Bremón!

HORTENSIA. —Ceferino...

JOSÉ. —El doctor...

JUANA. —El brujo...

CORUJEDO. —El gran hombre...

EMILIANO. —El genio...

(Quedan todos contemplándole en silencio, con respeto y una especie de temor supersticioso, esperando a que hable y a que diga algo tremendo).

BREMÓN. —*(Avanzando unos pasos).* Ha hecho buen día, ¿verdad?

EMILIANO. —¿Qué dice? ¿Qué dice?

CORUJEDO. —Dice que ha hecho buen día.

EMILIANO. —¡Qué talento!...

BREMÓN. —Y ayer también hizo un día magnífico, ¿no?

(Lentamente y frotándose las manos avanza hacia un sillón, donde se sienta. Todos van detrás de él, como sugestionados).

HORTENSIA. —¡Ceferino, que estamos que no vivimos de impaciencia!

VALENTINA. —Deseando saber...

BREMÓN. —*(Quitándose los guantes y como si no se diera cuenta de lo que esperan de él).* En general, toda la semana ha sido buena. Pero quizá llueva el lunes o el martes... *(A Hortensia).* Bien dijo usted en uno de sus poemas, Hortensia, aquello de:

Ni de que haga buen tiempo puede uno responder, pues después de unos días de un sol casi de estío de pronto viene el frío, se acumulan las nubes y comienza a llover. Y es que el mundo es un lío, amigo mío. ¡Y qué se le va a hacer! Es lo más exacto que acerca del tiempo he oído decir en poesía.

HORTENSIA. —Gracias, Ceferino...

(Por la derecha, escapada, María).

MARÍA. —El señorito... ¡Que viene el señorito!

VALENTINA. —¿Eh?

MARÍA. —Al decirle que estaba aquí el doctor, ha dado un salto, ha pasado por encima de doña Luisa y viene hacia aquí.

CATALINA. —¡Ay!... Que ahora sí que está loco... Que viene patinando por el pasillo.

VALENTINA. —¡Jesús!...

EMILIANO. —Patinando y pisando amas de llaves, señor Corujedo...

MARÍA y CATALINA. —*(Al mismo tiempo).* Ya está aquí.

(Por la derecha aparece, en efecto, Ricardo, seguido de Luisa, arrugada y despeinada, que intenta contenerle).

LUISA. —¡Señorito Ricardo, por Dios!...

(Todos se parapetan, asustados, menos Hortensia, el doctor, que sigue tan fresco, y Va-

lentina, que va hacia la derecha. Ricardo es un joven de treinta y dos años, guapo y bien plantado. Viene en bata, con una zapatilla puesta y un pie descalzo. Trae los pelos de punta y su aspecto es realmente el de un tipo que anda mal de la cabeza).

RICARDO. —*(A Luisa).* Déjeme... ¿Dónde está ese fenómeno? ¿Dónde está Bremón? *(Cruza la escena como una tromba, sin preocuparse de Valentina ni de nadie).* ¡Bremón!... ¡Coloso!... ¡Pirámide!...

BREMÓN. —¡Hola!

RICARDO. —Catedral empalmada... Río puesto en pie...

BREMÓN. —¡Pero, hombre!...

RICARDO. —Déjame que te estreche, que te apretuje, que te machaque... Tu nombre hay que escribirlo con letras de oro y perlas falsas, que son las más caras.

(Le estrecha furiosamente).

VALENTINA. —*(Asustada).* ¡Por la Virgen, Ricardo, tranquilízate..., que me das miedo!...

HORTENSIA. —Serenidad, Cifuentes.

EMILIANO. —Tranquilidad, caballero...

BREMÓN. —¡Pero, Ricardo, hombre!...

RICARDO. —Abrazarlo y comérselo es poco.

Ante él hay que hincarse de rodillas, poner la frente en sus botas y rezarle un Credo...

MUJERES. —¡Jesús!

JOSÉ. —Vaya blasfemia...

VALENTINA. —Ricardo...

EMILIANO. —Loco perdido.

RICARDO. —Ante ese genio, ante ese genio hay... ¡Ay!...

(Se pone pálido y cierra los ojos).

VALENTINA. —¡Dios mío!...

LUISA. —Otra vez el ataque.

EMILIANO. —¡Ahí va!

(Valentina, Hortensia y Luisa le echan en un sillón).

CRIADAS. —Señorito...

BREMÓN. —¡Quietos!... Márchense todos de aquí.

TODOS. —¿Eh?

LUISA. —¿Que nos marchemos?

BREMÓN. —Sí. Déjennos. Necesitamos quedarnos a solas con él.

LUISA. —¡Pero, don Ceferino!...

Los DEMÁS. —¡Pero doctor!...

BREMÓN. —Sin objeciones... Hagan el favor de irse.

(De mala gana y refunfuñando, se van yendo

por el foro María, José, Luisa, Adela, Catalina y Juana).

LUISA. —¡El maldito brujo!

ADELA. —Echarnos ahora que íbamos a saber...

EMILIANO. —¡Hala! ¡Hala, eso es! ¡Váyanse ustedes!...

BREMÓN. —*(A Corujedo y Emiliano).* Y ustedes dos, tambén.

EMILIANO. —¿Que me vaya yo?

BREMÓN. —Y sin perder un momento.

EMILIANO. —Caballero, yo traía un certificado para el señor Cifuentes... Estoy aquí desde por la mañana. Ya le he tomado cariño a la casa. Me estoy jugando el cargo por averiguar el lío de ustedes... *(Más compungido aún).* Y ahora que lo iba a saber...

BREMÓN. —Pues lo siento mucho, pero nuestro asunto es absolutamente secreto y no puede usted saberlo.

EMILIANO. —¿No puedo saberlo?

BREMÓN. —No; así es que váyase con los demás.

(Emiliano, al oír esto, rompe a llorar desconsoladamente. Corujedo, que estaba esperando junto al foro, va hacia él, compadecido).

CORUJEDO. —Pero, Menéndez; hombre...

EMILIANO. —Señor Corujedo...

(Se echa a llorar en sus brazos).

CORUJEDO. —No se ponga usted así; qué se le va hacer.

EMILIANO. —¡Ay señor Corujedo!

CORUJEDO. —Tenga usted conformidad.

EMILIANO. —¡Ay señor Corujedo de mi alma! ¡Ay señor Corujedo, qué desgraciado soy!...

(Se va por el foro, llevado por Corujedo).

HORTENSIA. —Pobrecillo. Es la sensibilidad hecha cartero...

VALENTINA. —¿Estás mejor?

RICARDO. —Sí, mucho mejor. Ya estoy bien. Estos ataques que me dan son de alegría.

(Se levanta).

VALENTINA. —Pues no te alegres más, Ricardo, por Dios.

(Entre tanto, Bremón se ha ocupado de cerrar cuidadosamente las puertas del foro y de la derecha).

HORTENSIA. —¿Qué hace usted, Ceferino? ¿Son necesarias tantas precauciones?

RICARDO. —Ya lo creo que son necesarias.

BREMÓN. —Es imprescindible cerrar las puertas y meter unas bolitas de papel en las cerraduras.

HORTENSIA. —¿Usted cree?

BREMÓN. —¿Que si lo creo? Fíjese...

(Abre bruscamente la puerta del foro y caen en escena, formando un montón confuso, Luisa, Adela, Catalina, Juana, María y José, que se hallaban detrás de la puerta escuchando).

TODOS. —¡Aaaaaay!...

JOSÉ. —¡Arrea!

(Se levantan muy avergonzados, tropezando unos con otros, y se van, cerrando la puerta, por el foro).

BREMÓN. —Ya lo ha visto usted. Y el asunto es tan importante que una indiscreción podría sernos fatal. Lo que aquí hablemos hoy no debe salir jamás de entre nosotros porque si lo divulgamos la Humanidad entera se nos echaría encima.

HORTENSIA. —¿La Humanidad entera?

RICARDO. —La Humanidad entera y algunos habitantes de Marte. ¡Lo que ha inventado este genio!

HORTENSIA. —Yo he llegado a suponer si se tratará de la fabricación del oro.

RICARDO. —¿Has oído? La fabricación del oro... ¡Ja, ja, ja!

(Se ríen como locos).

VALENTINA. —*(Aparte, a Hortensia).* ¡Ay, me dan miedo!

HORTENSIA. —Entereza, hija mía.

BREMÓN. —No lo adivinarán ustedes nunca... Van a saberlo por mí mismo.

LAS DOS. —¿A ver? ¿A ver?

RICARDO. —Sentaos, sentaos; no sea que os caigáis al suelo al saberlo... Su descubrimiento significa la solución de nuestros problemas.

BREMÓN. —Justamente, y esa solución es el tiempo...

LAS DOS. —¿El tiempo?

BREMÓN. —El tiempo. ¿Qué hace falta para que Ricardo entre en posesión de los ocho millones de reales de su tío Roberto? ¿Que pasen sesenta años? Pues se dejan pasar los sesenta años. Ricardo cobra, se casan ustedes y tan contentos ...

HORTENSIA. —¡Pero, Ceferino!...

VALENTINA. —¡Pero, Bremón!...

BREMÓN. —¿Qué tiene que suceder para que la ley autorice a usted a casarse? ¿Que pasen treinta años de la desaparición de su marido? Pues dejamos pasar esos treinta y la ley autoriza, y en paz...

RICARDO. —Eso es..., eso es... ¡Qué hombre más grande!...

HORTENSIA. —*(Aparte, a Valentina).* Hija mía, yo creo que se han vuelto locos...

VALENTINA. —Tengo miedo... Debíamos llamar a las criadas.

BREMÓN. —Ahora se creerán que estamos locos.

RICARDO. —Sí. ¡Se lo creen, se lo creen!... ¡Mírales las caras!... ¡Se lo creen!... ¡Ja, ja!...

BREMÓN. —¡Qué gracia! Nosotros locos... ¡Ja, ja!

RICARDO. —¡Ja, ja!... ¡Qué risa!...

BREMÓN. —Bueno, es natural. Eso mismo decía la gente, al principio, de Franklin y de Copérnico.

RICARDO. —Y de Stephenson...

BREMÓN. —Y de Newton y de Galileo.

VALENTINA. —Vamos a llamar.

(Se va hacia el foro con Hortensia).

RICARDO. —*(Conteniéndola).* ¡Chis!... Quieta... No llames.

BREMÓN. —Un segundo, Hortensia... Si un

hombre, a fuerza de trabajos, de tentativas y de insomnios hubiera descubierto un procedimiento por el cual las personas que él quisiera no se muriesen jamás y fueran eternamente jóvenes, ¿tendría alguna importancia para estas personas el paso del tiempo?

LAS DOS. —¿Cómo?

BREMÓN. —Si usted *(A Hortensia).* supiera que no se iba a morir nunca y que siempre iba usted a ser joven y apetecible, ¿tendría inconveniente en aguardar treinta años a ser libres para casarse?

HORTENSIA. —Pero es que eso es una fantasía que...

RICARDO. —*(Dando un puñetazo en la mesa).* ¡Eso es una verdad del tamaño de un obelisco! Si él quiere, usted será joven e inmortal y Valentina lo mismo, y yo, también, y todos, igual.

VALENTINA. —*(Aterrada, yendo hacia el foro).* ¡Doña Luisaaa!...

RICARDO. —Ven aquí. No es una locura... ¿Os habéis olvidado de que Bremón es un sabio? Diez años hace que persigue en su laboratorio la obtención de una sustancia que diese a los humanos la inmortalidad... ¡Y la ha encontrado!...

LAS DOS. —¡Dios mío!

HORTENSIA. —Explique usted, Ceferino. La emoción me ahoga.

BREMÓN. —Hace diez años, como ha dicho Ricardo, que se me ocurrió buscar una sustancia que, al ser ingerida, impidiese la vejez y la muerte. Senté mi trabajo en un razonamiento sencillo. Yo me decía: la causa de la muerte por vejez es el empobrecimiento, el desgaste, la decadencia de los tejidos humanos. Ahora bien: cualquier sal tiene condiciones para conservar la materia muerta.

RICARDO. —Véase el bacalao, la mojama...

BREMÓN. —Luego todo consistía en encontrar una sal que, convenientemente tratada, conservase los tejidos vivos.

HORTENSIA. —Sí, sí...

VALENTINA. —Claro, claro...

BREMÓN. —La sal buscada la encontré en las algas marinas, que son sumamente ricas en materias orgánicas.

VALENTINA. —Hay que ver, en las algas...

BREMÓN. —Mi preparado no es, por tanto, más que un extracto de "alga frigidaris", transformada y hecha asimilable por procedimientos químicos.

VALENTINA. —Y tomando eso, ¿no se muere uno nunca?

HORTENSIA. —¿Y se es siempre joven?

BREMÓN. —Tomándolo, la resistencia de los tejidos es ilimitada. Y el que es joven, se conserva joven, y el que es viejo, rejuvenece. Descubierta la sal en mil ochocientos ochenta y cuatro, tengo ya en casa moscas de trece años de edad, gusanos de seda de dieciocho y conejos de tanta experiencia que cuando ven un cazador se suben a los árboles.

VALENTINA. —¡Increíble!...

RICARDO. —¡Viva Bremón!

(Va al cordón de la campanilla y tira).

HORTENSIA. —El descubrimiento da vértigos.

RICARDO. —Vamos a ser felices... Y por una eternidad... Es la primera vez que un enamorado puede preguntar con razón: "¿Me querrá siempre?"

VALENTINA. —Y la primera vez que una enamorada puede contestar, segura de cumplirlo: "Siempre".

HORTENSIA. —Por lo que afecta a nosotros, Ceferino, nos diremos eso muy pronto...

BREMÓN. —Muy pronto, Hortensia... De aquí a treinta años.

LUISA. —*(Apareciendo en el foro, teniendo detrás en actitud expectante a María, Adela, Catalina, Juana y José).* ¿Llaman los señores?

BREMÓN. —Sí, traiga usted un jarro de agua y unos vasos.

RICARDO. —Y los pasteles y el champaña. Y cerrad...

LUISA. —Sí, señor... Sí, señor...

(Se va, cerrando la puerta).

RICARDO. —Hay que brindar antes de tomarnos las sales.

BREMÓN. —Aquí están.

(Saca un frasquito del bolsillo).

VALENTINA. —¿Ese tan chiquitín es el frasco de las sales?

RICARDO. —¡Qué frasquito más salado!...

HORTENSIA. —¡Que en un sitio tan pequeño quepa una cosa tan grande!...

(Suenan unos golpes en el foro).

RICARDO. —Adelante...

(En la puerta aparece Emiliano, con la cara más triste que nunca, sin cartera y sin gorra).

BREMÓN. —Pero, hombre, ¿otra vez aquí?

VALENTINA. —Viene a que le firmes un certificado.

EMILIANO. —No. Ya, no, señorita Valentina.

RICARDO. —¿Te conoce?

EMILIANO. —Soy ya como de la casa, don Ricardo... Me he pasado aquí todo el día, preocupado por los asuntos de usted, y, en vista de ello, me han formado expediente para echarme del Cuerpo.

RICARDO. —¡Caramba!... Pues no sabe cuánto lo siento...

EMILIANO. —Más lo siento yo, que me encuentro a los cuarenta años sin poder dar de comer a mis hijos.

HORTENSIA. —¡Desventurado!...

BREMÓN. —¿Cuántos hijos tiene usted?

EMILIANO. —Ninguno. Por eso digo que me encuentro sin poder dar de comer a mis hijos.

BREMÓN. —¡Hombre, eso me ha hecho gracia! Pues no se preocupe: yo le tomo a mi servicio de ordenanza. Por ahora, no tendrá usted nada que hacer.

EMILIANO. —Entonces ya verá usted qué bien cumplo...

RICARDO. —Y de momento, dígale al ama de llaves que se dé prisa.

EMILIANO. —Sí, señor.

(Se va, cerrando la puerta).

VALENTINA. —¡Dios mío, no morirse nunca!...

HORTENSIA. —¡Y ser siempre jóvenes!...

RICARDO. —Y asistir a los cambios que sufrirá el mundo...

BREMÓN. —Sí, pero más bajo; que no nos oiga nadie. Si se llegara a divulgar mi secreto, todo el mundo querría tomar las sales, y se nos perseguiría, se nos asediaría; incluso pondrían sitio en esta casa.... para ser todos desdichados, pues una Humanidad in-mortal acabaría haciendo la Tierra inhabitable. Sólo seremos inmortales nosotros cuatro.

EMILIANO. —*(Abriendo la puerta del foro).* Y un seguro servidor.

TODOS. —*(Volviéndose).* ¿Eh?...

BREMÓN. —¿Cómo dice, cartero?

EMILIANO. —Ex, excartero. Digo, patrón, que cuando Emiliano Menéndez se propone enterarse de una cosa, se entera. Y que si no me dan a mí también una racioncita de la sal que me ha descubierto usted, monstruo de la Ciencia, pues lo cuento.

TODOS. —*(Aterrados).* ¡Que lo cuenta!...

EMILIANO. —Aprendo el francés para contarlo en dos idiomas... Porque ustedes com-

89

prenderán que esto de poder tomar una cosa para no morirse nunca no ocurre todos los jueves, y sería yo el cretino mayor del reino si perdiera esta ocasión, que es lo que se dice una ganga... Así es que vayan preparando mi sal... ¡Venga sal!

BREMÓN. —¿Sal?

(Suenan unos golpecitos en la puerta del foro).

EMILIANO. —¡Sal! ¡Sal! ¡Sal!... Digo..., entra... Es doña Luisa.

(Entran Luisa y María con el champaña y los pasteles, el agua y los vasos).

RICARDO. —Dejadlo todo aquí... Y marchaos inmediatamente sin quedaros a escuchar detrás de la puerta.

LUISA. —Sí, señorito.

MARÍA. —*(Aparte, a Luisa).* Nada, que no nos enteramos.

LUISA. —*(Aparte, a María).* No, hija; no nos enteramos.

(Se van por el foro).

EMILIANO. —¡Pobrecillas!... ¡Pensar que las dos acabarán muriéndose!... ¡Qué idiota es la gente!... Conque, ¿me va usted a dar la sal, doctor, o...?

(Emiliano cierra la puerta, cerciorándose de que nadie escucha).

BREMÓN. —Consiento en dársela, a cambio de su silencio.

EMILIANO. —Muy bien.

BREMÓN. —Pero tiene que jurar guardar nuestro secreto...

EMILIANO. —¡Hombre! No le digo que lo guardaré hasta la tumba, porque nosotros no vamos a ver la tumba más que en fotografía; pero seré sordomudo eternamente, señor Bremón.

(Entre Ricardo y Bremón han preparado las sales).

RICARDO. —Esto ya está. Podemos brindar cuando quieran.

BREMÓN. —El brindis corre a su cargo, Hortensia.

HORTENSIA. —¿Brindo en verso o en prosa?

EMILIANO. —¿No se puede brindar más que en verso o en prosa?

BREMÓN. —En verso, en verso, que es lo suyo, Hortensia.

HORTENSIA. —A ver qué tal me sale. *(Levantan sus copas los cinco).*

Por la burla cruel que a la muerte le hacemos; por la inmortalidad, que ya no tiene duda... Por el vivir eterno y dichoso... ¡Brindemos con "champagne" de la Viuda!

VALENTINA. —¡Bravo!...

RICARDO. —Inspiradísimo...

BREMÓN. —¡Qué alusión tan delicada a la señora del pobre Cliquot, muerto el mes pasado! *(Beben todos).* Y ahora, la sal; tomen ustedes.

(Les da sendos vasos de agua y echa en cada uno de ellos un poquito de sal).

EMILIANO. —Écheme a mí un poco más, doctor, que esto está soso.

BREMÓN. —Y ahora con decisión. De un golpe ¡Venga!

HORTENSIA. —¡Qué momento!...

(Beben, se miran en silencio y reaccionan, dándose las manos mutuamente y abrazándose).

UNOS A OTROS. —¡Inmortales!... ¡Inmortales!... ¡Inmortales!

EMILIANO. —*(Dando un grito).* ¡Ah!... Corujedo... *(Se escapa por el foro).*

TODOS. —¿Eh? ¿Qué le pasa?

VALENTINA. —¿Adónde va?

RICARDO. —Algo gordo se le debe de haber ocurrido.

(Por el foro vuelve Emiliano, trayendo casi a pulso a Corujedo).

EMILIANO. —Venga acá, que ha llegado su hora... El señor es agente de seguros de vida; un negocio nuevo. Y ahora mismo nos va a asegurar las vidas a los cinco. Pero con unos seguros fuertes, muy fuertes...

CORUJEDO. —¿Cien mil reales?...

EMILIANO. —Más. Tres billones de reales... ¡Cuatro millones de reales a cada uno!... A beneficio del propio asegurado.

CORUJEDO. —¿Por cuántos años?

EMILIANO. —A cobrar dentro de setenta y cinco años.

BREMÓN. —Espléndido. Una idea genial. Eso es, a cobrar dentro de setenta y cinco años. En esas condiciones, las primas de pago serán muy pequeñas, ¿verdad?

CORUJEDO. —Sí, claro; pequeñísimas... Pero usted, ¿cuántos años tiene?

BREMÓN. —Cincuenta y cinco.

CORUJEDO. —Pues le advierto que si no cumple usted los ciento treinta años no puede cobrar los cuatro millones del seguro...

RICARDO. —¡Toma! ¡Claro! Y esta señora los cobrará a los ciento quince, y esta señorita, a los ciento cinco, y yo, a los ciento diez.

EMILIANO. —Y yo, a los ciento diecinueve...

CORUJEDO. —*(Turulato).* ¿Y ustedes creen que van a vivir hasta entonces?

TODOS. —Seguramente... Pues claro... ¡Ya lo creo que sí!

EMILIANO. —¡Usted sabe la salud que tenemos!

BREMÓN. —¡Tenemos una salud estupenda!

CORUJEDO. —Bueno, son idiotas los cinco... *(Se sienta. Todos le rodean para firmar las pólizas).* ¿Los apellidos de usted, doña Hortensia?...

TELÓN

ACTO SEGUNDO

Un claro de selva en una isla desierta del Océano Pacífico. En la izquierda se ve un lanchón volcado, con la quilla mirando al cielo, que se pierde en la lateral. En el lanchón hay abiertas dos ventanas y una puerta. Y en lo alto de la quilla, una chimenea. Todos estos detalles quieren decir que el lanchón sirve de casa habitable a los ciudadanos que pueblan la isla. En el fondo, bosque. Y en la derecha, árboles, que constituyen la salida de dicho lateral. Por detrás y por delante del lanchón, en la izquierda, otras dos salidas. A ambos lados de la puerta del lanchón, bancos hechos toscamente con maderas de cajones de embalar. Y en la derecha, un tronco de árbol y una mesa con libros, varios útiles de laboratorio, frascos, tubos de ensayo, etc. Delante del lanchón, un poco hacia la izquierda, una tosca cocina de piedras y, suspendido sobre ella, sujeto de unas estacas, un caldero. Junto a la cocina, cacharros, cazos, espumaderas, etc. En la izquierda, pegado al lanchón, un grueso árbol, con abundante ramaje. Cla-

95

vado en el tronco, un espejo, y colgados de las ramas del árbol, por medio de cuerdecitas, diferentes utensilios de tocador, peines, cepillos de cabeza y de dientes, brochas de afeitar, máquinas Gillettes, estuches de Cutex, tijeras, etc. Entre el árbol y el lanchón, una hamaca tendida. Colgados también a la puerta del lanchón, armas blancas y de fuego y dos o tres "boumerangs". En el costado del lanchón, un reloj de sol, toscamente construido, pero que no señala hora alguna, porque no luce el sol. Encima de la puerta del lanchón, un letrero que dice: "Residencia de Náufragos Voluntarios". Es en las primeras horas de la mañana, y, como se ha dicho, sesenta años más tarde de la época en que se desarrolló el primer acto.

Al levantarse el telón, en escena, Bremón y Ricardo. Bremón representa ocho o diez años menos que en el acto anterior y tiene un aire más fuerte y saludable. Ricardo está igual que en el otro acto, pero tostado del sol; ambos visten pantalón corto y polainas y chaqueta de cuero o "sweater". Bremón se halla sentado en el tronco del árbol de la derecha, con los codos apoyados en la mesa, leyendo un libro. *Ricardo está tumbado en la izquierda, en el suelo, durmiendo. Hay una pausa, durante la cual Bremón no levanta los ojos de la lectura. Al cabo de la pausa se oye el canto de un gallo, que suena en la parte alta del lanchón, un poco hacia la izquierda. El canto del gallo se repite dos veces, y a la segunda vez se abre la puerta del lanchón y aparece Emiliano. También Emiliano está algo más joven que en el primer acto. Viste un traje de verdadero Robinsón, hecho con pieles de animales, porque es el único del grupo de habitantes del lanchón que está viviendo la novela del naufragio y recreándose en ella. Avanza en el momento en que el gallo canta por tercera vez. Consulta el reloj de sol y hace un gesto de contrariedad.*

EMPIEZA LA ACCIÓN

EMILIANO. —Ese gallo va retrasado.
(Coge uno de los fusiles del lanchón, se lo echa a la cara y dispara. Cae en escena un gallo muerto).
BREMÓN. —¿Qué pasa? ¿Qué haces?
(Ricardo gruñe y se vuelve del otro lado).

97

EMILIANO. —Parar el reloj, doctor, que no hay manera de hacer carrera de él; y después que me he pasado dos años amaestrándole para que dé las horas cuando las señale el reloj de sol que usted fabricó, resulta que el día que amanece nublado y nos falla el reloj de sol, nos falla el gallo. Y ya estoy harto...

BREMÓN. —*(Consultando un reloj de bolsillo muy antiguo).* Son las nueve y media.

EMILIANO. —¿Ya?

BREMÓN. —Se me han ido las horas en un vuelo.

EMILIANO. —Otra noche que se ha pasado usted en claro, dándole que te pego al cerebro...

BREMÓN. —Y ¿qué voy a hacer, Emiliano?

EMILIANO. —¿Se le ha ocurrido a usted alguna otra de esas cosas fenomenales que se saca usted de debajo del pelo y que...?

BREMÓN. —¿Quién sabe, Emiliano? ¿Quién sabe?

EMILIANO. —Me da usted miedo, porque como tiene usted más talento que Matías López... Con su permiso, voy a encender fuego para calentar agua y poder desplumar el reloj. *(Cogiendo el gallo).* No digo que va a ser un almuerzo de los que den la hora, porque ya ha visto usted lo mal que la daba. Pero un arroz con gallo muerto siempre es una solución. Y como si yo no hiciera de ama de casa aquí ni se almorzaría, ni se comería, ni se viviría... *(Deja al gallo sobre la cocina y, cogiendo dos pedazos de madera y unos hierbajos, se sienta a frotar las maderas par hacer fuego).* Es decir, se viviría, por aquello de que no podemos morirnos; pero lo que es porque nadie tenga ganas de vivir...

BREMÓN. —Tan verdad es eso, que muchas veces he pensado que, de todos nosotros, el único capacitado para la inmortalidad eres tú, Emiliano.

EMILIANO. —Pues ya ve usted: si no ando listo, no tomo las sales aquel día... ¿Se acuerda usted?

BREMÓN. —Sesenta años hace...

EMILIANO. —¿Sesenta años?... Sí, claro; si yo el viernes cumplí los ciento tres... ¡Y pensar que todavía no me ha salido la muela del juicio!...

BREMÓN. —¿Quién sabe los siglos que tardará aún en salirte?

EMILIANO. —Por más que le doy vueltas a

la cabeza, no acabo de hacerme a la idea de cuántos años puede uno vivir no muriéndose nunca.

BREMÓN. —Se puede vivir eternamente; pero la eternidad se escapa al cálculo.

EMILIANO. —Lo único malo es que, sabiendo que no va uno a morirse nunca, siente uno el terror de no tener el dinero suficiente para vivir siempre, y por eso nos hemos hecho tan roñicas...

BREMÓN. —Y tan egoístas.

EMILIANO. —Es verdad; pero da un gusto... No me explico la desesperación de ustedes, porque a mí esto de haber cumplido el viernes los ciento tres y notarme aún más joven que cuando era cartero, me pone alegrísimo. Y haber conservado las mismas botas...

BREMÓN. —¿Las mismas botas?

EMILIANO. —*(Alargando un pie)*. Fíjese: las que llevaba aquella tarde. Se me ocurrió untarlas con las escurriduras del agua de sales que quedaban en los vasitos, y desde entonces, ni medias suelas... *(Bremón se ríe)*. ¡La primera vez que le veo a usted reír desde la guerra de los boers, señor Bremón!

BREMÓN. —¡Hombre, no! Acuérdate de que

me reí dos veces en el verano del setenta, cuando la guerra francoprusiana...

EMILIANO. —¿La francoprusiana? ¡Ah!... Sí. Bueno, es que ha conocido uno una de guerras... ¿Cuántas guerras habremos conocido nosotros, señor Bremón?

BREMÓN. —Contando esta última grande de mil novecientos catorce, y sin contar las de los Balcanes, quince, y contando las de los Balcanes, noventa y nueve.

EMILIANO. —Y cuando había guerra siempre decían que era la última. ¿Verdad, usted?

BREMÓN. —Sí; pero nosotros no nos lo creíamos.

EMILIANO. —¡Hombre, claro! ¡Como que a nosotros no hay quien nos la dé! Hemos visto mucho.

RICARDO. —(Incorporándose de mal humor). Bueno, ya está bien. ¡Ya está bien!

EMILIANO. —¿Eh?

BREMÓN. —¿Qué hay, Ricardo?

RICARDO. —Primero, tiros; luego, charla... Ya ni dormir le dejáis a uno... Ni dormir, que es tanto como olvidar que se vive... Y que es lo único que uno puede hacer a gusto. ¡Maldita sea mi suerte!... ¡Y maldito sea el día que consentimos lo que consentimos! ¡Que no le valiera a uno más que...!

(Coge la manta y, con la manta arrastrando, inicia el mutis tercera derecha).

BREMÓN. —¿Adónde vas?

RICARDO. —A la orilla del pantano otra vez... A ver si quiere Dios y los mosquitos que sea hoy el día en que... ¡Maldita sea, hombre!... *(Se va).*

BREMÓN. —¿Lo ves? Como yo no lo remedie..., aquí va a acabar ocurriendo una catástrofe.

EMILIANO. —Vamos, doctor, no sea usted pesimista.

(Por la puerta del lanchón sale Valentina, igual de aspecto físico que en el acto anterior, vestida también con traje de campo y con el mismo aire de persona harta de la vida que tenía Ricardo. Mira con absoluta indiferencia a Emiliano y a Bremón e inicia el mutis por la izquierda).

BREMÓN. —Buenos días, Valentina.

EMILIANO. —Buenos días.

VALENTINA. —*(Glacial).* Hola.

(Se queda mirando a los dos con lástima y hay una pausa embarazosa).

EMILIANO. —Aquí, encendiendo lumbre para el almuerzo.

VALENTINA. —También tiene usted ganas de entretenerse en tonterías...

EMILIANO. —Si me dicen a mí alguna vez que almorzar podía considerarse como una tontería...

BREMÓN. —¿Te levantas ahora?

VALENTINA. —Sí, y me voy al claro de palmeras de ahí al lado a echarme un rato...

BREMÓN. —¿No te encuentras más animada?

VALENTINA. —¿Es que hay algún motivo para animarse?

BREMÓN. —No, claro; pero...

VALENTINA. —Que ha amanecido un día más. Y ¿qué significa para nosotros un día más? Un

día más de bostezar, de vegetar, de mirarnos unos a otros a las caras... ¡Si fuera un día menos!... En fin: no tengo ganas de conversación.

(Se va primera izquierda).

BREMÓN. —¿Te das cuenta? Está igual que él... e igual que todos, menos tú...

EMILIANO. —¡Quién los ha visto y quién los

ve a esta pareja! Me parece que los tengo delante el día que se casaron, meses después de tomarnos las sales: tan felices y contentos. Fue un martes del año sesenta y dos. El niño que llevó la cola murió luego de fiscal del Supremo. ¿Se acuerda usted? ¿Uno con barba blanca y chaleco gris?

BREMÓN. —Me acuerdo, Emiliano, me acuerdo. Y me acuerdo como si fuera ayer del nacimiento de los hijos de Valentina y Ricardo...

EMILIANO. —Elisa y Federico. ¡Qué viejos estaban ya el día que nos despedimos de ellos para retirarnos a la isla!...

BREMÓN. —Pues cuenta: Elisa tiene ahora cuarenta y seis, y Federico, cincuenta y uno.

EMILIANO. —Entonces, ¿la hija...?

BREMÓN. —¿La nieta de Ricardo y Valentina?

EMILIANO. —Eso es... Margarita; andará ya cerca de los veinte años, ¿no, doctor?

BREMÓN. —Ha cumplido ahora los dieciocho, porque nació en mil novecientos dos...

EMILIANO. —¡Cómo se pasa el tiempo!

BREMÓN. —En su última carta recibida aquí le decía a sus abuelos que tiene relaciones formales para casarse.

EMILIANO. —Y la cuestión es que al principio todo fue bien.

BREMÓN. —Sí, los primeros treinta años, sí; cada cual cumplió sus sueños. Pero todas nuestras amistades se nos morían de vejez.

EMILIANO. —Yo eché una vez la cuenta, y hemos asistido a tres mil doscientos entierros, doctor... ¡Lo que me tengo reído!...

BREMÓN. —Pero no me negarás que es para deprimir a cualquiera. Todo el mundo pensaba de diferente manera que nosotros; al principio sólo estábamos de acuerdo con los viejos, y más tarde, ni con los viejos siquiera, porque ya pertenecían a otra generación, y hasta los viejos resultaban para nosotros demasiado jóvenes. Las ciudades se nos hacían inhabitables...

EMILIANO. —Dígamelo usted a mí, que últimamente, para poder cruzar cada calle, tomaba un taxi.

BREMÓN. —Y gracias a que ideé yo esto de retirarnos a una isla desierta...

EMILIANO. —Que nos costó lo nuestro, porque es que no queda ya una isla desierta ni para criar un galápago. Treinta y dos anuncios puse en "La Correspondencia de

España", diciendo: "Isla desierta para un apuro, necesítase". Y como si no...

BREMÓN. —Y menos mal que descubrimos esta pequeña colonia norteamericana, en la que no hay fieras ni salvajes...

EMILIANO. —No. Fieras no hay en la isla. Yo la he recorrido de largo a largo y de ancho a ancho, y no he visto fieras. Cocodrilos, leones, tigres, sí hay. Pero fieras, lo que se dice fieras, ni una. Ahora, salvajes...

BREMÓN. —¿Qué?

EMILIANO. —Anteayer descubrí una cosa que no he querido decir a nadie...

BREMÓN. —¿Cómo?

EMILIANO. —Ahora que no nos oyen los demás, a usted sí quiero comunicárselo, porque, aunque científico, usted es todo un hombre, doctor...

BREMÓN. —¡Emiliano, me alarmas!

EMILIANO. —Anteayer, señor Bremón, al salir del lanchón por la mañana, igual que hoy, y dirigirme a los corrales, a ver si había puesto huevo la avestruza, porque ya sabe usted que el día que la avestruza pone huevos tenemos ya tortilla para todo el mes...

BREMÓN. — ¿Qué? Acaba...

EMILIANO. —Pues que al lado de la empalizada de los corrales, en el suelo, descubrí la huella de un pie humano...

BREMÓN. —¿De un pie humano?

EMILIANO. —Sí, señor. Un pie desnudo, grande: un cuarenta y tres, horma ancha, que no correspondía ni a usted, ni a Ricardo, ni a mí; pero que, además, como le digo, era un pie desnudo. Las huellas se alejaban hacia el Norte... Las seguí por espacio de una hora, y me condujeron hasta el lago, y al llegar perdí las huellas y el reloj, que llevaba en este bolsillo *(El de pecho)*. al inclinarme sobre el agua. Un reloj que me regaló mi madre el día que se casó doña Isabel Segunda y que andaba cada vez mejor, porque también le unté con las escurriduras de las sales.

BREMÓN. —Bueno, pero ¿las huellas?

EMILIANO. —Pues de las huellas no he descubierto más; pero ya es bastante, porque demuestra que la isla no está desierta, doctor.

BREMÓN. —Claro, claro...

EMILIANO. —Y que el habitante misterioso va descalzo; así que es un salvaje o una naturista...

BREMÓN. —¡Un salvaje, Emiliano, un salvaje! Estoy seguro, porque nosotros llevamos cinco años moviéndonos en la isla con entera libertad y él ha tenido que oír alguna vez nuestras voces y tiros, y ver el humo de la cocina... Si fuese un náufrago, habría venido aquí, al oírnos. Pero cuando nos rehuye, es que es un pobre salvaje que nos tiene miedo...

EMILIANO. —*(Que frota con verdadera furia los dos pedazos de madera).* ¡Calle!

BREMÓN. —¿Qué pasa?

EMILIANO. —Calle..., calle..., calle... ¡Ya!.., Ya... *(De las maderas brota una pequeña llama que se acaba en seguida).* ¡Maldita sea!... Pero ¿usted ve esto? Cinco años queriendo encender fuego por el procedimiento de frotar dos maderas, y las dos únicas veces que, después de sudar a chorros, he logrado hacer llama, me la apaga el sudor... Lo que si no fuera porque tenemos cerillas en abundancia...

(Saca una caja de cerillas, prende la cocina y pone el caldero).

BREMÓN. —Te están fallando todos los procedimientos de los Robinsones, Emiliano.

EMILIANO. —Sí, señor. Lo único que me ha salido bien fue una vez que me puse a averiguar la hora que era al mediodía y me resultó que las doce y media. Pero cuando he querido saber la velocidad del viento, el total no me dio más que muchísima; y si es el problema de la cocina...

BREMÓN. —Pues, hombre, yo te traje un manual de culinaria, que...

EMILIANO. —Usted me trajo un manual de culinaria, pero para ciudades, no para islas desiertas. Todas las recetas empiezan igual: "Se coge un conejo..". "Se coge una perdiz..". Pero lo que no dice es cómo hay que cogerlos, que es lo grande.

BREMÓN. —Cazándolos.

EMILIANO. —Sí... Pero hay que saber cazarlos. Cinco años he tardado yo en aprender a manejar el "boumerang".

BREMÓN. —¿El "boumerang"?

EMILIANO. —¡Claro!... El arma de Robinsón. *(Va a la fachada de la casa y coge dos "boumerangs").* ¿No ha oído usted hablar del "boumerang", que se tira desde lejos, hiere la caza y vuelve solo al sitio desde donde se tiró?

BREMÓN. —Sí, pero no había visto ninguno.

EMILIANO. —Estos me los he hecho yo. Seiscientos catorce he perdido; pero ahora domino ya el manejo, y no me falla.

BREMÓN. —¿Y vuelve al sitio desde donde se tiró?

EMILIANO. —¿Que si vuelve? Fíjese. *(Tira el "boumerang" hacia la derecha. Una pausa; gira sobre los talones y queda esperándolo por la izquierda).* Verá, ya está al llegar.... Ahora vendrá... No pierda ojo... Parece que tarda...

BREMÓN. —Yo creo que no viene.

EMILIANO. —Lo habré tirado flojo. Atienda usted a este otro. *(Tira el segundo "boumerang" con toda su alma hacia la izquierda. Otra pausa, y ambos giran, esperándolo llegar por la derecha).* Este sí que viene, verá usted... Fíjese. No tardaremos en verlo...

(Por el, lado contrario, es decir, por la izquierda entra un "boumerang" y le arrea en la cabeza a Bremón).

BREMÓN. —¡Ay!... *(Cae al suelo).*

EMILIANO. —*(Recogiendo a Bremón).* ¡Doctor!... ¡Doctor!... ¿Qué es eso?

BREMÓN. —Un "boumerangazo", Emiliano.

EMILIANO. —Pero ¿de dónde?

BREMÓN. —De allí. *(La izquierda).*

EMILIANO. —¡Arrea!... Entonces es el primero. Pues cuando llegue el segundo que lo he tirado con toda mi alma, al que lo pesque lo divide. ¡Doctor!... ¡Vaya!... Se ha privado del zurrido. ¡Hortensia!... ¡Valentina!... ¡Ricardooo!... Nada; no hacen caso. Claro; como no les interesa nada de este mundo y saben que nos pase lo que nos pase, no nos pasa nada... Les diré que se ha muerto, para que se animen... ¡Socorrooooo!... ¡El doctor, muerto!... ¡Muertooo! ¡Muertooo!... ¡Muertooo! ¡Fetén!

(Por el lanchón, Hortensia escapada).

HORTENSIA. —¿Eh? Emiliano, ¿qué dices?

EMILIANO. —¡Muertooo!...

(Por la izquierda, a todo correr, Valentina).

VALENTINA. —¿Qué es eso de muerto?

EMILIANO. —No está más que atontado, pero algo tenía que decir para que vinieran ustedes a echarme una mano...

HORTENSIA. —¡Ah! Vamos...

VALENTINA. —Pues no tiene ninguna gracia la broma.

(Por la izquierda, ansiosamente, Ricardo).

RICARDO. —¿Muerto? ¿Que está muerto?

HORTENSIA. —Desmayado, y gracias; no te hagas ilusiones...

EMILIANO. —Estábamos aquí hablando, yo tiré dos "boumerangs" para demostrarle que vuelven al sitio, y uno de ellos le ha dado un zurrido tremendo. Ahora que les advierto a ustedes que tengan cuidado, porque el segundo "boumerang" no ha vuelto todavía, y cuando llegue, al que le coja de lleno...

HORTENSIA. —¡Bah!...

VALENTINA. —Bueno...

RICARDO. —"Boumerangs"...

(Los tres hacen gestos despectivos e indiferentes. Hortensia se sienta en uno de los bancos de la fachada del lanchón. Valentina se tumba en la hamaca, y Ricardo se sienta donde lo estaba al empezar el acto, a jugar distraídamente con dos piedrecillas).

EMILIANO. —No sé a qué viene esa indiferencia, porque no podemos morirnos de viejos, pero de un trastazo en la nuca..., yo creo que si se lo arrean a uno bien...

(Los tres se levantan muy contentos y esperanzados).

HORTENSIA. —Pues es verdad...

VALENTINA. —Es verdad...

RICARDO. —¡Caray, si fuera posible! *(Rodean a Bremón, a quien Emiliano ha tendido en el tronco del árbol y a quien espurrean la cara con el agua del caldero).* ¿Se habrá muerto?

HORTENSIA. —¡Dios mío, si se hubiera muerto!...

VALENTINA. —¡¡Si resultase que podemos morirnos!

RICARDO. —¡Qué alegría!...

VALENTINA. —¡Qué dicha!...

EMILIANO. —¡Ya abre los ojos!...
(Desilusión en los tres).

HORTENSIA y VALENTINA.—*(Al mismo tiempo).* ¡Abre los ojos!...

RICARDO. —¡Bah!... Ya abre los ojos...

BREMÓN. —¿Dónde estoy?

VALENTINA. —Y dice: "¿Dónde estoy?"

RICARDO. —Hasta dice: "¿Dónde estoy?"

EMILIANO. —Era un desmayo. ¿Se siente usted mejor?

BREMÓN. —Sí, hijo. Gracias. Ya estoy bien. *(Se levanta).*

VALENTINA. —Nada...

HORTENSIA. —Nada...

(Se sientan de nuevo las dos).

RICARDO. —Pero quizá si el golpe hubiera sido más fuerte... *(Aparte, a Emiliano).* ¿Y por dónde dices que tiene que llegar ese otro "boumerang" que no ha vuelto aún?

EMILIANO. —¿El *boumerang* de las diez y cuarto? Por ahí. *(Señala a la derecha).*

RICARDO. —Lo esperaré, a ver si tengo la dicha de que me dé entre los dos ojos. *(Se cruza de brazos, de frente a la derecha, y queda inmóvil).*

BREMÓN. —Ricardo...

RICARDO. —Déjame. Por lo menos, no me digas nada, y déjame. ¿Hay paludismo en los trópicos?

BREMÓN. —Sí, claro.

RICARDO. —Y si un hombre se pasa una noche tumbado en el borde de un pantano de una isla tropical, ¿no tiene muchas probabilidades de despertarse palúdico perdido a la mañana siguiente?

BREMÓN. —Muchas probabilidades, Ricardo.

RICARDO. —Pues no una, dieciséis noches llevo pasadas ya tumbado al borde del pantano, rodeado de nubes de mosquitos de veintiocho especies diferente, y en las dieciséis noches he engordado cuatro kilos...

BREMÓN. —No sabes cómo lo lamento; pero...

RICARDO. —Con lamentarlo no haces que me muera, Bremón; así es que déjame, porque para nosotros no queda ya más solución que el suicidio...

HORTENSIA. —El suicidio...

EMILIANO. —¿El suicidio?

VALENTINA. —¿El suicidio, Ricardo?

BREMÓN. —¿El suicidio?

RICARDO. —El suicidio, Bremón, y si no lo he llevado a cabo es porque me contienen mis ideas religiosas; pero no puedo aguantar la vida sin fin, ni tú tampoco, ni ninguno, fuera de Emiliano, y eso porque es muy bruto...

EMILIANO. —Hombre, bruto...

RICARDO. —...que, si no, sería tan desgraciado como nosotros.

HORTENSIA: No se acostumbra uno a la afrenta, ni al duro hierro, ni al cruel palo.
Por más que el alma se violenta,
no se acostumbra uno a lo malo.

BREMÓN. —Eso es verdad, porque yo no puedo acostumbrarme a tus versos.

HORTENSIA. —En otro tiempo me los pedías...

BREMÓN. —Pero una eternidad poética es insufrible, Hortensia. Llevas escritos treinta y dos tomos.

EMILIANO. —Y tiene tiempo por delante para llegar a los seis mil.

HORTENSIA. —Es lo único que me hace olvidar a ratos la amargura a que nos has precipitado. Gracias a eso, no he caído del todo en la desesperación de Ricardo y Valentina.

BREMÓN. —Desesperación que ellos debían sentir menos que ninguno, puesto que tienen algo bien digno de interés: sus hijos, sus...

VALENTINA. —*(Dando un paso, endurecida).* ¡Cállese! Le he dicho otras veces que no nos hable de ellos... ¿Por qué recordárnoslos? A usted le consta que la vida entre los seres queridos, que es la base de la felicidad, resulta insoportable para los que estamos condenados a vivir siempre y a no envejecer nunca..., y con su maldito descubrimiento ha logrado usted que tener hijos, en vez de ser una dicha, sea un tormento atroz. ¿Cómo se atreve a hablarnos de ellos?

RICARDO. —¿Ni cómo te atreves a hablarnos de nada? Se ama la vida porque se sabe que va a concluir; pero cuando se sabe que no va a concluir, se la odia. Por eso la odiamos. La vida, que es movimiento constante para nosotros, se ha parado indefinidamente, y en lugar de correr como un río, se ha estancado como un charco. Somos corazones con freno; a fuerza de saber que ellos latirán siempre, tenemos la impresión de que no laten ya. En realidad, es como si no tuviéramos corazón. Somos unos absurdos en pie. El ser más despreciable del mundo es más feliz que cualquiera de nosotros.

HORTENSIA. —Y no pudimos resistir la vida civilizada ni el contacto con unos semejantes que no tenían con nosotros nada de semejante; creíamos que en una isla desierta la existencia se nos haría más tolerable..., y ya ves...

RICARDO. —¿Qué hacemos ahora, agotado este último recurso?

BREMÓN. —(Sombríamente, como un eco). ¿Que qué hacemos?

RICARDO. —Claro; tú eres el que tienes que decirlo... Tú fuiste el culpable de que llegáramos a esta situación... ¿Quién más que tú tiene que resolverla?

VALENTINA. —Naturalmente...

HORTENSIA. —Tú y sólo tú, Ceferino.

BREMÓN. —Yo no obligué a ninguno a tomar las sales...

VALENTINA. —Sólo hubiera faltado eso... Pero destruyó usted en nosotros toda posibilidad de paz.

HORTENSIA. —Y de dicha.

RICARDO. —Y debías haber sospechado adónde podías conducirnos...

(Han acorralado a Bremón con las palabras y la actitud. Emiliano, que se había sentado a pelar el gallo, metiéndolo previamente en el agua hirviendo, avanza y se interna entre ellos, defendiendo al doctor).

EMILIANO. —Bueno. ¡Esto se ha acabado!

HORTENSIA, VALENTINA y RICARDO. —¿Eh?

EMILIANO.—Que se han terminado las quejas y los gritos. *(Tremolando el gallo a medio desplumar).* Que aquí nadie levanta el gallo más que yo... Y ustedes no me acogotan a este hombre porque a mí no me da la gana, y porque sería injusto... Porque el doctor...

(Dentro suena un tiro. Emiliano se calla).

HORTENSIA y VALENTINA. —*(A un tiempo).* ¿Qué es eso?

BREMÓN. —Un tiro...

EMILIANO. —¿Un tiro?

RICARDO. —Y ha sonado muy cerca...

HORTENSIA. —Se oyen voces... *(Miran hacia la derecha).*

BREMÓN. —Alguien nos busca...

RICARDO. —Por aquí... Por aquí...

EMILIANO. —Son marineros... Americanos...

BREMÓN. —¿Americanos?

(Por la derecha aparecen, en efecto, Oliver Meighan y dos Marineros americanos, armados de fusiles. Meighan es un hombre de unos cincuenta años, seco, amable, dominante, pero ceremonioso).

MEIGHAN. —¿La colonia de náufragos voluntarios de la isla Stanley?

BREMÓN. —Esta es, caballero.

MEIGHAN. — ¿Nos hallamos entonces, efectivamente, ante el doctor Ceferino Bremón y sus compañeros de retiro?

BREMÓN. —Sí, señor; el doctor Bremón soy yo.

MEIGHAN. —*(Inclinándose).* Es para mí un placer inexpresable conocerle... Señoras... Caballeros... *(Se inclina).*

EMILIANO. —Lo que se dice un tío fino.

MEIGHAN. —Señores, por delegación mía, los cuarenta y ocho Estados de la Unión les saludan.

BREMÓN. —Cuarenta y ocho veces agradecidos, caballeros; pero no comprendemos la causa de...

MEIGHAN. —Van a comprenderla. Pero, siéntense, siéntense...

EMILIANO. —De lo más fino.

MEIGHAN. —Soy Oliver Meighan, del Ministerio de Colonias. Como ya sabrán, esta isla es una colonia norteamericana; ustedes la disfrutan a sus anchas y mi país me envía a decirles que se siente orgulloso y honrado de tenerlos instalados en ella...

BREMÓN. —Señor Meighan...

RICARDO. —Caballero...

HORTENSIA. —No sabíamos cómo agradecer.

EMILIANO. —El colmo de la finura...

MEIGHAN. —Pero que, naturalmente, eso hay que pagarlo...

TODOS. —¿Cómo? ¿Que hay que pagarlo?

MEIGHAN. —Creo que hablo bien el castellano. No obstante, aquí traigo un diccionario.

BREMÓN. —No, no; si lo hemos entendido.

EMILIANO. —Sí; lo hemos entendido, ¿verdad?

RICARDO, VALENTINA y HORTENSIA. —*(Al mismo tiempo).* Lo hemos entendido.

BREMÓN. —Pero, vamos, que nos extraña...

MEIGHAN. —¿Les extraña? Sin embargo, de todos los sitios que uno habita se paga el alquiler... Ustedes llevan aquí cinco años: el precio al año es de seiscientos dólares por persona.

RICARDO. —Muy caro...

EMILIANO. —Carísimo...

MEIGHAN. —Además, consumen productos naturales: leña, fruta, caza... En fin, el total de su deuda es de nueve mil trescientos dólares, y les hacemos un precio de saldo.

EMILIANO. —Pues no dice que es de saldo...

RICARDO. —Un precio imposible...

EMILIANO. —Un abuso...

HORTENSIA. —Carísimo...

VALENTINA. —Carísimo...

BREMÓN. —Sí. Realmente algo inaceptable. Nosotros, por razones especiales, tenemos que mirar mucho lo que gastamos... Nos preocupa el porvenir, que es largo...

EMILIANO. —¡Ahí le duele!... ¡Ahí le duele!... ¡Lo largo que es el porvenir!...

MEIGHAN. —¡Bah!... A cambio de vivir a gusto, debe olvidarse un poco el porvenir... Después de todo, el día menos pensado se muere uno...

RICARDO. —¡Qué se va a morir uno, hombre!...

BREMÓN. —¡Qué se va uno a morir!...

HORTENSIA y VALENTINA.—*(A un tiempo)*. ¡Morirse!

EMILIANO. —Sí, sí... Se morirá usted... Este no sabe que a nosotros nos hacen la autopsia y crecemos...

MEIGHAN. —La isla no es cara. Sólo este hermoso golpe de vista que ofrece el bosque desde aquí, vale, mal pagado, trescientos dólares.

EMILIANO. —El golpe de vista del bosque no vale ni dos reales, hombre. Como ese bosque, todos los que usted quiera se los dejo yo mirar por diecinueve pesetas uno por otro.

MEIGHAN. —Pero no me irán a negar que las playas...

BREMÓN. —Perdone usted, señor Meighan, pero las playas sí que son una birria.

EMILIANO. —Todas llenas de arena. ¡Un asco, hombre! ¡Un asco de isla!

MEIGHAN. —No estoy de acuerdo con ustedes, pero veo con placer su desdén por esta colonia.

TODOS. —¿Eh?

MEIGHAN. —Porque la misión que me trae es doble, y luego de cobrarles el alquiler de estos cinco años, las órdenes que traigo son las de desalojar la isla...

BREMÓN. —¿Desalojar la isla?

TODOS. —¿Desalojar la isla?

EMILIANO. —¡Echarnos!

MEIGHAN. —Justamente: para explotar estos terrenos. A los americanos, caballeros, nos sobran energías, y como además de sobrarnos energías, nos sobran hombres sin trabajo, a los que también les sobran energías, de aquí el que empleemos nuestras energías en emplear a nuestros hombres sin trabajo.

EMILIANO. —Es una conducta muy enérgica.

BREMÓN. —¿Y cómo van ustedes a explotar esta isla de Stanley que está tan lejos del mundo habitado y que no produce nada de importancia?

MEIGHAN. —Haremos de ella un lugar pintoresco, con vistas al turismo. Anunciaremos que es la auténtica isla donde naufragó Robinsón Crusoe. Construiremos la casa de él en ruinas y mataremos a los primeros turistas que acudan...

BREMÓN y EMILIANO. —*(Al mismo tiempo). ¿*Eh?

MEIGHAN. —Para excitar la curiosidad universal, amigo mío, y que el mundo acuda en masa a visitar la isla...

EMILIANO. —Es un procedimiento como para patentarlo.

MEIGHAN. —Y por el momento, señores, lo que espero es el pago del alquiler. Yo he venido a cobrar, y cobraré... *(Sale un "boumerang" por la derecha, y le da a Meighan, que casi se desmaya).* ¡Oh!...

TODOS. —¿Eh?

BREMÓN. —Señor Meighan...

EMILIANO. —¡Ya ha cobrado!... ¡El "boumerang", el "boumerang"... de las diez y cuarto! ¡Ja, ja! ¡Lo ha hecho polvo!... ¡Ja, ja, ja! *(Todos le rodean).*

BREMÓN. —No ha sido nada. No ha sido nada, señor Meighan. Un "boumerang" que hemos tirado hace un rato y que al volver inesperadamente...

MEIGHAN. —Lo que ha ocurrido me lo explicarán ustedes a bordo, y el pago del alquiler espero recibirlo allí también...

BREMÓN. —Sí, señor Meighan, ahí vamos.

EMILIANO. —Yo no le dejo a usted solo, doctor

MEIGHAN. —¡Y mucho cuidado con lo que se hace!

(Mutis por la derecha de Meighan, Emiliano, el Doctor y los Marineros).

VALENTINA. —¡No nos faltaba más que esto!...

HORTENSIA. —¡Está visto: no podemos ya vivir ni en una isla desierta!...

(Se va por la izquierda. Quedan solos Valentina y Ricardo).

VALENTINA.—¡A Europa!

RICARDO. —¡A Europa!

VALENTINA. —Otra vez a la civilización con todos los sufrimientos que la civilización reserva.

RICARDO. —Y ni el paludismo, ni el "boumerang", ni nada le mata a uno...

VALENTINA. —No pienses más en conseguir la terminación de nuestros sufrimientos a costa de un pecado mortal. Es preciso tener valor y resistir hasta el fin...

RICARDO. —Hasta el fin... ¿Hasta qué fin? Si para nosotros el fin no existe...

VALENTINA. —Si hubiéramos podido presumir que íbamos a llegar a esto...

RICARDO. —Sí; si hubiéramos podido presumirlo...

VALENTINA. —*(Acercándose a él y apoyándose en su hombro).* Pero nos queríamos mucho...

RICARDO. —¡Mucho!...

VALENTINA. —¿Y qué enamorados no hubieran recibido con júbilo una cosa que les permitía prolongar el amor años y años, infinitamente? ¿No recuerdas la emoción y la alegría con que aquella tarde, al tomarnos las sales, me dijiste: "¡Es la primera vez que un enamorado puede preguntar con razón si le van a querer siempre!"

RICARDO. —Sí. Me acuerdo. Pero para la Humanidad, hasta la palabra "siempre" tiene un sentido limitado, y sólo para nosotros tiene sentido exacto la palabra "siempre"... ¡Y es horrible!

VALENTINA. —¡Horrible!... ¡Pensar que hubo un día en que nos regocijaba la idea de que, gracias a la inmortalidad, conoceríamos nietos, bisnietos, e hijos de bisnietos y nietos de bisnietos!... ¡Y, ya ves, ni la vejez de los hijos hemos podido resistir! Porque todos los padres, al envejecer y degenerar con los años, sienten el goce de contemplar la juventud arrogante de sus hijos, y nosotros hemos asistido a la decadencia y a la degeneración de los nuestros, mientras nosotros conservábamos una juventud que les correspondía a ellos. Y era como si se la robásemos.

RICARDO. —Nuestra juventud, Valentina, no es más que exterior. Aunque no se envejezca, se envejece. Y ya tengo noventa y tres años y tú ochenta y ocho. Y por mucho que queramos olvidarla, la verdad es que en nuestras almas, casi centenarias, ya no hay deseos, ni ilusiones, ni ensueños; ya no hay más que esa cosa helada que es la senectud.

VALENTINA. —Sin embargo, yo... Hay días que recobro los ánimos y pienso en que, si hiciéramos un esfuerzo sobre nosotros mismos, quizá lográramos vernos mutuamente de otra manera.

RICARDO. —¿De otra manera?

VALENTINA. —Como antes... Como entonces...

RICARDO. —*(Rompiendo a reír).* Como entonces... Con dos hijos ya viejos... Con una nieta que no tardará en casarse... Y con casi un siglo en el alma... ¿Así crees que podemos llegar a vernos como antes? *(Vuelve a reír).* Valentina, eres una vieja loca.

VALENTINA. —Ricardo...

RICARDO. —Pues, claro, Valentina... No pienses más en eso. A mí el amor me parece ya una cosa grotesca, y a ti, aunque a veces lo dudes, también.

VALENTINA. —*(Desesperada).* Pero la vida así es un infierno...

RICARDO. —Claro que lo es... ¿Te enteras ahora?

(Dentro, en la izquierda, se oye gritar angustiosamente a Hortensia).

HORTENSIA. —¡Ah!... ¡Ay!... ¡Socorro!... ¡Socorro!...

VALENTINA y RICARDO. —*(Al mismo tiempo).* ¿Eh?

VALENTINA. —¿Qué pasa?

RICARDO. —Es Hortensia...

(Por la izquierda aparece Heliodoro. Es un anciano viejísimo, que va completamente desnudo, a excepción de un pequeño taparra-

bos, y que está curtidísimo por una constante vida al sol. Es el salvaje cuyas huellas ha descubierto Emiliano. Heliodoro es de raza blanca, pero lleva en la isla setenta años y ha olvidado la lengua nativa, y sólo emite sonidos inarticulados. Una cabellera alborotadísima, absolutamente blanca, le cubre la cabeza y le cae, en greñas por todos lados; y la cara la tiene invadida por unas barbas que, en su parte delantera, le llegan cerca de las rodillas. Heliodoro aparece por la segunda izquierda, como si viniera huyendo asustado de los gritos de Hortensia. Al verle, Valentina lanza un chillido de horror).

VALENTINA. —¡Ay!...

RICARDO. —¿Eh?

VALENTINA. —¡Aaaaaay!... *(Ante el chillido de Valentina, Heliodoro se asusta de nuevo, y dando un brinco, cruza la escena y desaparece vertiginosamente por la derecha. Valentina, aterrada, se refugia en los brazos de Ricardo). ¿Has visto? ¿Has visto?*

RICARDO. —¡Un salvaje!... ¡Hay un salvaje en la isla!... ¡Espera! ¡No te muevas!

(Se suelta de ella e inicia el mutis por la derecha).

VALENTINA. —¡Ricardo!...

RICARDO. —¡He visto por dónde se ha ido! ¡Estate quieta aquí...

(Se va por el segundo término derecha).

VALENTINA. —¡No te vayas!... ¡No me dejes sola!... ¡Oye!...

(Por el segundo término izquierda aparece Hortensia, todavía no repuesta del susto que le ha dado Heliodoro).

HORTENSIA. —¡Valentina!

VALENTINA. —¡Hortensia!...

(Se echan en brazos una de otra).

HORTENSIA. —¡Un salvaje!... ¡Era un salvaje!...

VALENTINA. —¡Un salvaje, sí!

HORTENSIA. —¿Le habéis visto?

VALENTINA. —Pasó por aquí mismo, y al gritar yo, huyó por ahí. Ricardo va detrás.

HORTENSIA. —¡Dios mío!... ¡He creído morirme del susto!... ¡Al cruzar la plazoleta de los cocoteros!... Pero ¿dices que huyó cuando tú gritaste?

VALENTINA. —Sí.

HORTENSIA. —Sería porque se asustaría de Ricardo. Porque yo me lo topé así de pronto y, en cuanto conseguí que me saliera la voz de la garganta, grite, y él, entonces, se me acercó...

VALENTINA. —¡Jesús!... ¿Se te acercó?

HORTENSIA. —Sí. Se me acercó; pero sin dar ninguna muestra de fiereza; más bien con un gesto seductor...

VALENTINA. —¿Con un gesto seductor?... ¿Será un sátiro salvaje, Hortensia?

HORTENSIA. —No sé; pero eso me aterró todavía más y empecé a pedir socorro, y al oírme pedir socorro, fue cuando huyó en esta dirección...

VALENTINA. —Sí, sí...

HORTENSIA. —¡Dios me perdone, Valentina; no le he visto más que un instante, pero...

VALENTINA. —Pero ¿qué?

HORTENSIA. —Que yo juraría que esos ojos de loco no me son desconocidos completamente.

VALENTINA. —¡Qué cosas tienes, Hortensia!

HORTENSIA. —Claro que ha conocido una tanta gente en ciento un años de vida... *(Dentro, en la derecha, suenan voces).* ¿Oyes?

EMILIANO. —*(Dentro).* ¡Sujételo por este lado, doctor!

RICARDO. —*(Dentro)*. ¡Duro con él!

EMILIANO. —*(Dentro)*. A ver si lo cogemos vivo...

BREMÓN. —*(Dentro)*. ¡Cuidado!

EMILIANO. —*(Dentro)*. Por aquí, por aquí.

BREMÓN. —*(Dentro)*. ¡Ahí va! ¡Ahí va! ¡Ahí va! ¡Ahí va!

EMILIANO. —*(Dentro)*. ¡Ya es mío!...

RICARDO y BREMÓN. —*(Al mismo tiempo. Dentro)*. Ya es nuestro, ya es nuestro...

VALENTINA. —*(Mirando por la derecha)*. Son Emiliano y el doctor, que volvían..., y míralos... Han cazado al salvaje, ayudados por Ricardo... Ya vienen, ya vienen...

HORTENSIA. —¡Pobrecillo!... ¡Cómo lo traen!...

VALENTINA. —Ya están aquí.

(Por la derecha, Emiliano, Bremón y Ricardo y Heliodoro. Los tres primeros traen a Heliodoro, cogido por las axilas y las corvas, en volandas, de manera que el salvaje no toca el suelo y lo único que le arrastra por tierra son las barbas).

EMILIANO. —Doctor, recójale las barbas, que se las voy pisando...

RICARDO. —Trae, le haremos un nudo, que

estará más cómodo. *(Heliodoro se debate indignado).* ¡Caray, qué genio tiene!...

BREMÓN. —Soltadle, dejadle tranquilo, no
le forcemos a nada. Tened en cuenta que está
acostumbrado a la libertad más absoluta...

RICARDO. —Y cuidado, no se nos largue.
*(Entre Emiliano y él le colocan en el tronco
del árbol. Le rodean todos contemplándole).*

EMILIANO. —A ver qué hace, a ver qué hace...

HELIODORO. — Atajú... Atajú... Agatula...
Nitacaual...... au Atajú...

EMILIANO. —Vaya bronca que me está
echando.

BREMÓN. —Eso es que no le gusta que se le
toque la barba. Igual le pasaba a un catedrá-
tico de Química amigo mío.

EMILIANO. —¿Ve usted, doctor, cómo era
verdad mi descubrimiento de las huellas del
pie?

HELIODORO. —Cataxca butla... Nitacaual...

EMILIANO. —Y pensar que a lo mejor nos
está diciendo que se llama Pepe... *(A Heliodoro).* "Parlez-vous français?"

BREMÓN. —*Do you speak english? Sprechen
sie Deutsch?*

RICARDO. —*Parlate italiano? (Nuevo silencio).*

EMILIANO. —*Fabla vostra escelenza ao lingua de Camoens?*

TODOS. —*(Desalentados).* ¡Nada!

RICARDO. —No es francés, ni inglés, ni alemán, ni portugués, ni italiano...

EMILIANO. —A ver si es que es idiota...

BREMÓN. —Mi impresión personal es que, a causa de una larguísima existencia en plena soledad, ha olvidado por completo el idioma nativo, que será uno de los que acaba de escuchar. Probablemente se trata de un náufrago arrojado a estas playas, hace Dios sabe cuántos años; por el aspecto, es viejísimo.

RICARDO. —¿Qué años crees tú que pueda tener?

BREMÓN. —Muchísimos. Se ve que la vida al aire libre le ha fortalecido, pero no me extrañaría nada que tuviera incluso cerca del siglo...

HORTENSIA. —*(Nerviosísima).* ¡¡No es posible!! Sería demasiada casualidad... ¡Dios mío, qué horrible idea me ha asaltado!

BREMÓN. —¡Una idea! ¿Tú?

HORTENSIA. —Sin saber por qué... ¡Qué horror!... Acabo de pensar, Ceferino, en..., en mi marido..., desaparecido en un naufragio hace setenta años, ¿no recuerdas?

BREMÓN. —Pero eso es una locura.

VALENTINA. —Un disparate...

RICARDO. —No puede ser.

HORTENSIA. —Pero ¿y si lo fuera? No quiero pensar...

BREMÓN. —Vamos, mujer...

HORTENSIA. —Déjame, Ceferino; debo hacer una prueba. Mi conciencia me obliga a ello... Aunque si fuera cierto, esto abriría nuevamente un abismo entre tú y yo... Déjame...

(Se acerca a Heliodoro, que la sonríe en el acto).

VALENTINA. —¡La sonríe amablemente!

BREMÓN. —¡La sonríe!

EMILIANO. —Si la sonríe amablemente, no es su marido.

HELIODORO. —Atajú...

VALENTINA. —Y la dice "Atajú"...

EMILIANO. —Bueno: eso también me lo ha dicho a mí antes.

BREMÓN. —Acércate más y pronuncia lentamente su nombre.

HORTENSIA. —*(Obedeciendo a Bremón).* ¡Heliodoro!

HELIODORO. —*(Mirándola como sugestionado y hablando lentamente y sin expresión).* ¡Hor-ten-siaaa!

HORTENSIA. —¡Aaaaaa!... ¡Es él!... ¡Es él!... *(Huye).*

BREMÓN. —¡Hortensia! *(Acude a ella).*

VALENTINA. —¡Virgen Santísima!...

BREMÓN. —¡Válgame Dios!...

EMILIANO. —*(A Heliodoro, que lo contempla todo indiferente).* Bueno, rico, pues ya la has armado...

HELIODORO. —Atajú...

EMILIANO. —Sí, sí; atajú, pero la has armado...

HELIODORO. —Hortensia... Hortensia... *(Va hacia ella).*

HORTENSIA. —No, no. ¡No quiero verle!...

BREMÓN. —Que no se acerque, Emiliano. Que no se acerque a ella, porque no respondo de mí.

HORTENSIA. —Ceferino...

(Entre Emiliano y Ricardo sujetan a Heliodoro).

EMILIANO. —¡Quieto, hombre! Qué perra

ha cogido de pronto. Claro que vivir setenta años separado de la parienta es motivo para tener ganas de dedicarle un parrafillo; pero... Pero a usted, doctor, tiene que dolerle.

BREMÓN. —Llévatelo... Donde yo no lo vea... Donde no sepa que existe.

EMILIANO. —Sí, señor. Vamos a amarrarle a un cocotero, Ricardo.

RICARDO. —Vamos. Echa aquí una mano, Valentina.

EMILIANO. —Anda, Heliodoro, hijo; ven con nosotros. Vamos ahí, a partir cocos...

HELIODORO. —¿Cocos?

EMILIANO. —Sí, hijo, sí; y si te quedas aquí, el coco partido puede que sea el tuyo.

(Se lo llevan por la derecha. Bremón se ha sentado desesperado en el tronco del árbol. Hortensia, que ha quedado a solas con él, se le acerca).

HORTENSIA. —¡Ceferino!...

BREMÓN. —Déjame...

HORTENSIA. —¿Celos, Ceferino?...

Cuando no hay rival ninguno,
juzgamos inoportuno
sentir celos, es verdad...
Mas cuando hay rivalidad,

niños, jóvenes y abuelos,

todo el mundo siente celos...

¡Mira que es casualidad!...

BREMÓN. —¡Exacto y hermosísimo!

HORTENSIA. —¿Eh? ¿Qué dices?

BREMÓN. —No sé. La aparición de este desgraciado y el comprobar que es tu marido me ha perturbado de un modo... Quizá él simboliza el obstáculo que le es necesario al ser humano para despertarle el deseo.

HORTENSIA. —¿Es posible? ¿Es posible? ¡Dios mío!... Entonces casi vamos a tener que agradecerle el que no muriera en su naufragio.

BREMÓN. —No. Porque yo había encontrado la solución de nuestros tormentos... La había encontrado... Y era maravillosa...

HORTENSIA. —¿Qué?

BREMÓN. —Óyeme, Hortensia. Hace un rato, cuando Emiliano me defendía contra vuestros reproches, he estado a punto de descubriros el éxito de mis nuevos trabajos, y deciros: "Dejad ya de sufrir, porque, si yo quiero, volveremos todos a ser mortales como antes, sólo que en mejores condiciones que antes..."

HORTENSIA. —¿Eh?

BREMÓN. —He estado a punto de gritaros: "Yo puedo devolveros el gusto de la vida que hemos perdido. He estado a punto de descubriros el prodigio más grande que ha concebido la mente humana: un prodigio todavía mejor que el de la inmortalidad..."

HORTENSIA. —¡Ceferino!

BREMÓN. —Pero apareció Heliodoro, tu marido... Y resolví callar, porque la única manera de quitarlo de en medio definitivamente es seguir siendo inmortales hasta que se muera él.

HORTENSIA. —Pero ¿es que has descubierto una cosa para...?

BREMÓN. —Sí. Para morirnos... Pero después de una vida de felicidad quintaesenciada..., de dicha inenarrable..., de goce infinito...

HORTENSIA. —¡Ceferino!

BREMÓN. —¡Calla, calla, que vienen! No les digas nada.

HORTENSIA. —¡Dios mío!... ¡Dios mío de mi alma!...

(Da muestras de gran agitación. Por el primero derecha, aparecen Valentina y Ricardo contemplando el paisaje).

RICARDO. —¡Cinco años viviendo en ella y es la primera vez que nos damos cuenta de que la isla es preciosa!

VALENTINA. —Es verdad, Ricardo.

RICARDO. —Y tenía razón Meighan de que el golpe de vista que ofrece desde aquí el bosque... ¿Eh?

VALENTINA. —Realmente, estupendo.

RICARDO. —¡Es magnífico!...

VALENTINA. —¡Magnífico!...

(Por la derecha aparece Emiliano, y se inclina agradecido, como si los piropos fueran para él).

EMILIANO. —¡Gracias, Ricardo! ¡Gracias, Valentina!

RICARDO. —Nos estamos refiriendo al bosque, idiota.

BREMÓN. —Al bosque y a la isla, Emiliano; que ahora les encanta porque saben que tienen que abandonarla.

EMILIANO. —¡Como que parece mentira que se les tome tanta ley a unos cuantos cocoteros y a veintiocho familias de mosquitos diferentes!

RICARDO. —*(Volviéndose hacia Bremón).* Justamente... Como nos encantaría la vida misma si no fuera... por lo que es; y por quién es...

EMILIANO. —¿Ya empezamos? ¡He dicho que no consiento reproches para el doctor!

HORTENSIA. —Y ahora menos que nunca.

BREMÓN. —¡Silencio, Hortensia!

HORTENSIA. —¡No quiero callarme!... Todos hemos sido injustos contigo, y no me callaré... Ceferino ha descubierto una cosa que neutraliza el efecto de las antiguas sales...

VALENTINA, EMILIANO y RICARDO. —¿Eh?

HORTENSIA. —Y que nos va a hacer vivir años de felicidad indecible.

VALENTINA. —¡Doctor!...

RICARDO. —Habla, Ceferino.

EMILIANO. —Este tigre de la ciencia me da miedo.

BREMÓN. —¿No os habéis amotinado varias veces contra mí porque os sentís incapaces de soportar la vida eterna? Pues lo que yo iba a proponeros es... la muerte a plazo fijo.

RICARDO y VALENTINA. —La muerte a plazo fijo...

EMILIANO. —¡Caray, qué proposición!

BREMÓN. —Iba a proponeros el volver a ser

jóvenes de veras, y serlo cada día más, y al fin..., morirnos de niños.

RICARDO, VALENTINA y HORTENSIA. —¿Cómo?

EMILIANO. —¿Morirse de niños? Se me va la cabeza...

BREMÓN. —¿Pensáis que estoy loco, igual que en mil ochocientos sesenta? *(Cogiendo unos tubitos de ensayo de sobre la mesa).* Y, sin embargo... ¿veis estos tubitos de ensayo? Pues contienen un alcaloide..., el del "alga frigidaris". Como todos los alcaloides, la "frigidalina" tiene un poder agresivo extremado y va más allá de las antiguas sales. Esto no sólo conserva los tejidos, sino que los rejuvenece de tal manera, que quien lo tome, cada año tendrá un año menos, hasta llegar a la juventud, luego a la adolescencia, después a la infancia, y, por último, a la desaparición, a la muerte...

EMILIANO. —¿Y nos moriríamos con el chupete?

BREMÓN. —De niños; pero después de haber vivido años deliciosos; en plena y verdadera juventud y con el acicate de la muerte segura, que nos daría un ansia constante de aspirar a todo y de disfrutar de todo...

RICARDO. —Y ya no seríamos corazones frenados.

EMILIANO. —Ahora serían ustedes corazones con marcha atrás.

VALENTINA. —Cinco corazones con freno y marcha atrás.

EMILIANO. —No. Cuatro, porque ustedes harán lo que quieran, pero yo esta vez no me tomo el menjurje.

TODOS. —¿Qué?

EMILIANO. —Que no. Porque conviene que uno de nosotros siga siendo inmortal para que cuide a los demás cuando sean pequeñitos. Verán lo bien que les doy yo a ustedes el biberón...

RICARDO. —Ceferino, ¿estás seguro de todo eso?

BREMÓN. —Sí. Lo he comprobado también en los bichos del corral, como hice con las sales. Y el poder del alcaloide es tan intenso, que los animales a los que no he dado previamente las sales, al darles el alcaloide vuelven a la infancia al instante.

RICARDO. —Pero ¿nosotros volveríamos a la niñez gradualmente?

BREMÓN. —Año por año viviríamos, en sentido inverso, toda nuestra vida anterior.

VALENTINA y HORTENSIA. —¡Jesús!...

(Emiliano coge un tubo de ensayo y hace mutis por la derecha).

RICARDO. —Pues yo me lo tomo... (Cogiendo otro tubo).

BREMÓN. —¡Ricardo!

RICARDO. —Me lo tomo... (A Valentina). Y tú también. Y Hortensia... Todos...

BREMÓN. —Hortensia y yo, no. Necesitamos seguir siendo inmortales para dar lugar a que se muera Heliodoro.

HORTENSIA. —Pero, Ceferino... Si Heliodoro no puede vivir ya más de dos o tres años... Si tiene ciento tres, sin sales...

RICARDO. —Naturalmente; ¿qué más os da? (Quedan hablando aparte. Por la derecha, Emiliano con el tubo vacío).

EMILIANO. —Ya está...

BREMÓN. —¿Que ya está? ¿Te lo has tomado tú, Emiliano?

EMILIANO. —Se lo he empujado a don Heliodoro.

TODOS. —¿Cómo?

EMILIANO. —¿No ha dicho usted que dándoselo a quien no haya ingerido antes las sales ese alguien vuelve a la niñez al momento? Pues se lo he sacudido a Atajú para que se vuelva niño, y deje de ser un obstáculo para ustedes. Está aquí mismo jugando al gua... Fíjense...

TODOS. —¿Qué?

(Avanza hacia la derecha y saca al niño de siete u ocho años en que se ha convenido Heliodoro, y que va vestido igual que él).

HELIODORO .—Atajú...

TODOS.—*(Retrocediendo con un grito de horror).* ¡Oh!...

TELÓN

ACTO TERCERO

Habitación saloncito en casa de los hijos de Ricardo y Valentina. Un lujoso bienestar se advierte en los menores detalles y un modernismo de buen tono lo preside todo.

Ancha puerta en el último término de la derecha, haciendo chaflán con el foro, que permite ver un forillo de vestíbulo. En el foro izquierda, un gran ventanal con forillo de casas de ciudad moderna. Otra puerta en la derecha y otra más en la izquierda, segundo y primer término, respectivamente. Muebles modernos. Un tresillo entre el ventanal y la puerta del primero izquierda, y unos sillones y una mesita en el primero derecha, cerca de la puerta del segundo término de dicho lado. Lámparas, etc. Colgada de la pared, una panoplia con algunas de las armas que aparecieron a la puerta del lanchón en el acto anterior; el traje de pieles de Emiliano, dos o tres "boumerangs", un cuchillo, un hacha y unas sandalias de cuero.

Son las cuatro de la tarde, poco más o menos, de un buen día de primavera. Al levan-

tarse el telón, en escena Emiliano, Elisa, Margarita y Florencia. Elisa, la hija de Ricardo y Valentina, es una señora de unos sesenta años, muy nerviosa y provista de una desorganización mental que hace dificilísimo todo diálogo con ella. Margarita, su hija, y nieta, por tanto, de Valentina y Ricardo, es una guapa mujer de unos treinta años. Y en cuanto a Florencia, se trata de una doncella. Emiliano está desconocido, de bien vestido y arreglado, y sigue representando, inalterable, la edad que representa en el acto anterior.

Elisa, sentada en el diván, llora perdidamente, inútilmente consolada por Margarita y Emiliano. Florencia, en pie, aguarda con una taza de tila en una bandejita.

EMPIEZA LA ACCIÓN

EMILIANO. —¡Ánimo, Elisa!

MARGARITA. —Vamos, mamá, tranquilízate.

ELISA. —¿Cómo quieres que me tranquilice, hija mía? ¿Cómo quieres que me tranquilice, si nos van a matar a disgustos? ¿Qué día es hoy? ¿Viernes?

EMILIANO. —No. Martes.

ELISA. —*(Volviéndose a ellos, más llorosa que nunca).* ¡Ah! Martes... ¿Veis cómo tengo yo razón cuando digo que los sábados son para mí días de mala suerte?

EMILIANO. —*(Aparte).* ¡Anda, morena!

FLORENCIA. —Tómese la señora esta tila... *(Brindándole la taza).*

ELISA. —¿Cómo se toma la tila?

MARGARITA. —Bebida, mamá.

ELISA. —¡Ay Dios del alma, qué cruz!... ¡Qué cruz!... Pero ¿qué he hecho yo para merecer a la vejez este castigo? Y el cuadro aquel... *(Señalando).* Ponlo derecho, Emiliano, que ya sabes que no puedo aguantar nada torcido, hombre...

EMILIANO. —En seguida. *(Obedece).* Este es fácil. Lo malo fue ayer, en el salón, que se empeñó en ver derecha la fotografía de la torre de Pisa.

ELISA. —¡Virgen del Carmen..., qué desgracias más grandes! *(A Florencia).* ¿Qué has dicho que es esto?

FLORENCIA. —Tila, señora.

ELISA. —¿Para beber?

MARGARITA. —Sí, claro, mamá; para beber.

EMILIANO. —*(Aparte)*. ¡Pobre señora! Está hecha un barullo.

MARGARITA. —Anda, tómatela...

(Doña Elisa se la toma a sorbitos).

EMILIANO. —*(A Florencia)*. Pero bueno, ¿qué es lo que ha ocurrido?

FLORENCIA. —Lo de siempre, por no variar, don Emiliano. Que, como de costumbre, la señorita Valentina y el señorito Ricardo han vuelto a dormir al amanecer, y borrachos perdidos.

MARGARITA. —Y acompañados de mi marido, que sigue de compañero suyo de juergas; como de costumbre también.

ELISA. —Y si fuera eso sólo lo que han hecho...

MARGARITA. —¿No es eso sólo, mamá?

ELISA. —No, hija, no. Hoy han hecho otra cosa peor; se han atrevido a más... Hoy se han atrevido a lo más terrible... ¡A lo más terrible!... ¡Estos padres nos van a quitar la vida!

FLORENCIA. —*(A Elisa)*. ¿Padres, señora?

MARGARITA. —*(A Florencia, de muy mal aire)*. Quiere decir nietos, mujer...

FLORENCIA. —Es que los llama padres muchas veces, señorita.

EMILIANO. —Porque ya sabes que está cada día más... *(Se barrena una sien con el índice).*

ELISA. —*(Siempre llorosa).* Y todavía papá y tu marido *(A Margarita).* son hombres, y a los hombres se les disculpan muchas cosas, pero que mamá lleve la vida que lleva...

FLORENCIA. —*(A Emiliano y Margarita).* ¿Ven ustedes cómo le llama madre a la señorita Valentina?

MARGARITA. —*(Cortándola bruscamente).* Bueno, Florencia, ya está bien... Llévate la taza y anda a tus quehaceres.

FLORENCIA. —Sí, señorita. *(Coge la taza y se va por el foro).*

MARGARITA. —*(Espiando el mutis de Florencia. A Elisa, con apuro).* ¡Por lo que más quieras, mamá; ten prudencia y fíjate en lo que hablas y en quién está delante cuando hablas!...

ELISA. —¿Eh?

MARGARITA. —Has estado metiendo la pata, descubriendo la verdadera personalidad de los abuelos.

ELISA. —¿Yo? Pero ¿tú oyes, Emiliano?

EMILIANO. —Sí. Y es verdad.

ELISA.— ¿Que es verdad?

EMILIANO. —Sí. Delante de la doncella has llamado mamá a Valentina.

MARGARITA. —Y papá al abuelo Ricardo.

ELISA. —¿Pues qué tengo que llamarlos?

EMILIANO. —*(Aparte)*. ¡Anda con Dios!

MARGARITA. —Tienes que llamarlos nietos, como siempre, para justificar su juventud y despistar a la gente...

ELISA. —Claro... Y a todo el mundo, desde que vinieron a España y empezaron a rejuvenecerse, los he presentado como mis nietos...

MARGARITA. —Pero delante de la doncella, ahora, los has llamado padres.

ELISA. —Como que son mis padres realmente...

MARGARITA. —Sí, pero ya sabes que tienes que ocultarlo.

ELISA. —¿Y no llevo yo años enteros ocultándolo?

MARGARITA. —Pero ahora...

EMILIANO. —*(Interrumpiéndola, aparte)*. Déjala, que es inútil,

ELISA.—En fin, hija, que descanses. Buenas noches, Emiliano. Voy a acostarme. *(Inicia el mutis por la izquierda)*.

MARGARITA. —¿A acostarse? Pero si son las cuatro de la tarde, mamá.

ELISA. —¡Toma!... Por algo me extrañaba a mí no tener sueño... Entonces voy a ver si han traído los periódicos de la noche. *(Se va por el foro).*

EMILIANO. —*(Contemplándola en el mutis).* Para que vayas viendo.

MARGARITA. —¡Pobre mamá! Está imposible. El mejor día lo descubre todo; y si se supiese la verdad, dice el doctor Bremón que por averiguar el secreto de su descubrimiento, habría hasta motines y disturbios.

EMILIANO. —¡Hombre, calcula, con el asco que la Humanidad le tiene a la muerte! El día que se sepa que yo, con esta cara, tengo ciento diecinueve años, que el doctor y Hortensia, que pasan por dos recién casados, han cumplido los ciento quince y los ciento treinta, y que Ricardo y Valentina, que son dos chavales juerguistas, andan rondando los ciento cinco y los ciento diez... pues imagínate el cisco mundial... Los conflictos internacionales de la actualidad serían "sinfonías tontas". ¡Que tendría que intervenir Ginebra, sencillamente!

MARGARITA. —Por eso está así la pobre mamá.

EMILIANO. —Por miedo a que intervenga Ginebra, claro.

MARGARITA. —Por la inmortalidad de ustedes, y, sobre todo, por la inmortalidad de los abuelos, que la han desequilibrado por completo.

EMILIANO. —Sí. Se conoce que la buena señora no ha podido hacerse a la idea de envejecer ella y de que sus padres sigan siendo jóvenes. En realidad, cualquier cerebro se resentiría un poco al tener que aceptar eso, y como, por lo visto, el cerebro de Elisa nunca ha sido una cosa del otro jueves...

MARGARITA. —¡Emiliano, que es mi madre!...

EMILIANO. —Perdona, pero con este lío de hacer pasar a unos por otros, no se da uno cuenta de con quién habla...

MARGARITA. —Y en los últimos años yo creo que mamá se ha puesto todavía peor.

EMILIANO. —Sí, y también se explica; porque como desde que volvimos de la isla sus padres no sólo se conservan jóvenes, sino que cada año tienen uno menos, pues, por muchas explicaciones científicas que se le den, la pobre cada día lo comprende peor, y cada vez se chala más. Y esto no es nada: porque ahora la buena señora sólo tiene que digerir lo de que sus padres son dos muchachitos alocados; pero dentro de diez años, por ejemplo, cuando tenga que despedirlos todas las mañanas para que ellos vayan al colegio...

MARGARITA. —¡Terrible, Emiliano!

EMILIANO. —Y el día que tenga que asistir al desbautizo de los dos.

MARGARITA. —¡Calle, por Dios!

EMILIANO. —Y cuando, de aquí a quince o dieciocho años, si vive, se encuentre con que tiene que darles polvo de talco a sus padres...

MARGARITA. —¡Jesús!

EMILIANO. —Le espera un porvenir mental de espanto.

MARGARITA. —A todos nos espera un porvenir terrible, incluso a mí.

EMILIANO. —¿A ti?

MARGARITA. —Si resulta cierto lo que sospecho de mi marido, Emiliano.

EMILIANO. —¿Eh?

MARGARITA. —No lo quiero pensar; pero esto de que Fernando no se separe ni a sol ni a sombra de los abuelos, especialmente de la abuela... Fernando ha sido siempre un hombre muy serio, pero extremadamente apasionado...

EMILIANO. —¡Caramba!... No irás a sospechar que Fernando ande detrás de Valentina... Sería demasiado inverosímil: ¡un marido enamorado de la abuela de su mujer!...

MARGARITA. —¿Inverosímil, cuando la abuela representa diecisiete años y está diez veces más atractiva que yo?

EMILIANO. —Sí. Eso es verdad.

MARGARITA. —Hombre, ¡muchas gracias!

EMILIANO. —Perdona. No sabía lo que decía...

MARGARITA. —Es mucho más grave de lo que parece, Emiliano.

EMILIANO. —Sí. Si resulta verdad, es una hecatombe.

MARGARITA. —Y como mamá ha dicho antes que hoy han hecho algo más que irse de juerga...

EMILIANO. —Bueno, pues a ver si nos enteramos de lo que han hecho...

FEDERICO. —(Dentro, gritando, indignado). ¡No lo aguanto!... ¡No lo aguanto más!...

MARGARITA. —Ahí viene el tío Federico. Él nos lo dirá.

(Por la derecha entra Federico, hermano de Elisa, y el otro hijo, por tanto, de Ricardo y Valentina. Es un caballero de más de sesenta años, fuerte y robusto aún y con una gran vitalidad. Viene desesperado. Le sigue tímidamente Fernando, el marido de Margarita, que tiene treinta años largos).

FERNANDO. —Pero hombre, Federico...

FEDERICO. —No me digas nada, porque tú eres tan culpable como ellos, o más. Porque si tú no los acompañaras en su vida de francachela, ni les rieses las gracias, mi padre y mi madre no seguirían ese camino de perdición... Porque mis padres, en el fondo, son buenos, y lo que los estropea son las malas compañías...

(Por el foro entra Elisa, sin acordarse ya de nada y muy extrañada de la actitud de Federico, por tanto).

ELISA. —Pero ¿qué pasa? ¿Qué ocurre?

EMILIANO. —*(Aparte).* Esta ya no se acuerda de nada...

ELISA. —¿A qué vienen esas voces, Federico?

157

FEDERICO. —¿Y tú me lo preguntas, hermana? ¿Y hasta te has puesto enferma al descubrir la nueva fechoría de los papás?

ELISA. —¡Ay Jesús del alma, es verdad! *(Se sienta).*

MARGARITA. —Pero ¿qué es lo que...?

FEDERICO. —Después de haber despilfarrado en dos o tres años lo que les dejó de herencia su tío Roberto, y eso que no lo cobraron hasta cumplir los noventa años, ahora quieren dejarnos a nosotros también en la calle. ¿Dónde están esos dos?

MARGARITA. —¿Los abuelos? Levantándose, tío Federico.

FEDERICO. —¡Levantándose a las cuatro de la tarde!... ¡Buen ejemplo el que nos dan a los hijos!... Por fortuna, uno no necesita ya ejemplo de los padres. *(Se pasea desesperado)* Emiliano: vaya usted a decirles que cuando estén listos que se presenten.

EMILIANO. —Voy. *(Se va por la izquierda).*

FERNANDO. —Y en lo de anoche te aseguro que yo no he intervenido para nada...

FEDERICO. —No sé si has intervenido o no, pero que los estás estropeando es indudable. Porque mis padres antes no eran así.

FERNANDO. —Porque antes eran mayores y más aplomados y ahora han entrado en la edad de divertirse...

ELISA. —Eso también es cierto, Federico; piensa que si nuestros padres se divierten, después de todo están en la edad...

FEDERICO. —*(A Fernando).* Justamente, y por eso tú, que debías tener el juicio que a ellos empieza a faltarles, te crees en la obligación de secundarlos abandonando de paso a tu mujer.

ELISA. —A esta pobre hija, que es una santa...

MARGARITA. —Este asunto pienso resolverlo por mí misma, tío. Ya hablaremos Fernando y yo.

FERNANDO. —No tengo nada que hablar.

(Por la izquierda vuelve a entrar Emiliano).

EMILIANO. —*(A Federico).* Que bueno, Federico, que ahora vienen.

FEDERICO. —¿Cómo los ha encontrado usted?

EMILIANO. —Pues me ha parecido verlos... un poquillo preocupados...

FEDERICO. —Ya pueden... Después de lo que se han atrevido a hacer...

MARGARITA. —Pero ¿qué ha sido lo que han hecho, tío Federico?

FEDERICO. —¿Que qué ha sido? Que me han quitado nueve mil pesetas de la caja... ¡Eso es lo que ha sido!

MARGARITA. —¡Dios mío!

EMILIANO. —¡Arrea!

ELISA. —Y en billetes pequeños, que abultan más.

FEDERICO. —A eso conduce la vida ociosa y el no pensar más que en divertirse, y en coches de marca, y en "cabarets"... Se empieza por quitarle el dinero al hijo...

EMILIANO. —Al padre.

FEDERICO. —Al hijo, porque me lo han quitado a mí.

EMILIANO. —Digo que se suele empezar por quitarle el dinero al padre...

FEDERICO. —¡Ah!... Sí..., claro... Eso es lo frecuente, y lo terrible en nuestro caso. Porque cuando son los hijos los que le quitan el dinero al padre, el padre mete en Santa Rita a sus hijos. Pero ¿y yo? ¿Cómo meto en Santa Rita a mis padres?

EMILIANO. —Sí, claro; no lo tolerarían los otros padres.

FEDERICO. —¿Los padres de quién?

EMILIANO. —Los padres de Santa Rita. Los frailes, vamos...

ELISA. —¡Estás loco, Federico! ¡Nuestros padres en un reformatorio!... ¡Hasta ahí podíamos llegar!...

FEDERICO. —Ya sé que no es posible; pero tampoco se puede seguir así... ¿Qué haría usted en mi caso, Emiliano, usted, que es un hombre de experiencia y de años?...

EMILIANO. —Ciento diecinueve, Federico.

FEDERICO. —¿Usted qué haría, en mi lugar, con mi padre?

EMILIANO. —¿Por qué no le obligas a sentar plaza?

ELISA. —¡Jesús!

FEDERICO. —Es un poco fuerte... Realmente es un poco fuerte, Emiliano.

(Por el foro, Florencia, anunciando).

FLORENCIA. —El doctor Bremón y su señora.

EMILIANO. —¡Hombre!...

ELISA. —*(Levantándose).* Me encanta que venga el doctor; tengo que pedirle opinión para forrar unos sillones.

MARGARITA. —Pero, ¡mamá!...

(Va hacia el foro, por donde entran Bremón y Hortensia. Florencia se vuelve a ir al instante. Bremón está espléndido de joven, de elegante y de mundano; representa unos treinta años. Hortensia, elegantísima también, está hecha una muchacha de veinticinco abriles).

ELISA. —¡Querido doctor!

BREMÓN. —Señora.

ELISA. —¡Hortensia!

BREMÓN. —Amigo don Federico...

EMILIANO. —Don Ceferino... Dichosos los ojos...

BREMÓN. —Emilianete...

(Saludos y abrazos).

HORTENSIA. —¿Qué tal, Margarita?

MARGARITA. —*(A Hortensia, en el diván, en unión de Elisa).* Usted, Hortensia, cada día más joven... Y no es cortesía...

HORTENSIA. —No, claro. En nosotros lo de estar cada día más joven es una realidad. El martes pasado, precisamente, fue mi descumpleaños.

ELISA. —Y ¿cuántos ha descumplido usted?

HORTENSIA. —¿Cuántos años he descumplido, Ceferino?

BREMÓN. —Veinticinco, chatita. Y yo los primeros que descumpla serán los treinta.

ELISA. —¡Qué suerte tienen ustedes de descumplir tantos! ¡Cuando pienso yo que mis pobres padres han descumplido ya los dieciocho y los dieciséis, y que dentro de poco entrarán en la infancia!...

HORTENSIA. —¡Vamos, Elisa, deseche usted esas ideas fúnebres!

ELISA. —¡No saben ustedes cómo me trastorna todo esto!...

HORTENSIA. —Claro...

BREMÓN. —Es natural... Pero piensa que esto que a ti te trastorna, pequeña, constituye la felicidad nuestra y, sobre todo, la de tus padres.

FEDERICO. —¿Son ustedes felices realmente?

BREMÓN. —*(Volviéndose a Hortensia).* ¿Oyes, chata? ¿Que si somos felices?

HORTENSIA. —¡Huy, que si somos felices!...

BREMÓN. —Pero ¿ustedes no se dan cuenta de lo que es volver a vivir la juventud y ver que el pelo le va saliendo a uno... a la velocidad con que se cayó... y que se le va volviendo a uno de su color primitivo?

HORTENSIA. —Y que el cuerpo se pone cada día más firme, hasta que llega un día en que una no necesita faja.

EMILIANO. —Y notarse con más salud cada vez, que el doctor tenía un final de úlcera de estómago y se le quitó el jueves...

TODOS. —¿Es verdad?

BREMÓN. —Palabra, palabra. Y una muela que tenía picada se me despicó ayer.

HORTENSIA. —Y ver resucitar las ilusiones de amor...

BREMÓN. —E ir olvidando todo lo que se aprendió...

FEDERICO. —¡Cómo! ¿Olvidan ustedes?

BREMÓN. —Claro. ¿No ves que vivimos para atrás? Pues cada día que pasa sabemos menos. Yo, de mi carrera, ya estoy en el cuarto año. Y encantado de llegar al preparatorio, porque la felicidad está en la ignorancia, en la juventud, en las pasiones... ¡Sobre todo en las pasiones!... *(Levantándose y yendo hacia Hortensia).* ¡Hortensia mía!...

HORTENSIA. —¡Ceferino!

BREMÓN. —¡Perdonad; pero hace tanto rato que no le doy un beso!... *(La besa).* Y como, además, sabemos que esta dicha de ahora no es eterna, que tenemos los años contados, pues cada minuto perdido se clava en el alma. *(Transición).* ¡Claro que también la dicha de nuestro amor tiene nubes!

MARGARITA. —¿Nubes?

HORTENSIA. —Vamos, Ceferino, no empieces...

FEDERICO. —Pues ¿qué ocurre?

HORTENSIA. —Los celos, que no le dejan vivir.

ELISA. —¡Huy, qué gracioso!... ¡Tiene celos!... ¡Igual que mi difunto antes de morirse!

BREMÓN. —Sabes que no son celos, Hortensia, que son realidades. Porque el teniente de Ingenieros que ronda los balcones... Y el abogado del Estado del entresuelo... Y aquel equilibrista del circo que...

HORTENSIA. —Bueno, Ceferino, bueno.

BREMÓN. —Coquetea con todo bicho viviente; esta es la verdad. ¡Y como está tan joven y tan guapa, y lo único que no se le ha olvidado es la experiencia de ciento quince años de coqueta..., me trae de cabeza!

MARGARITA. —Sí; por lo visto, las mujeres que gozan de esa mezcla de vejez y de juventud son de un atractivo irresistible.

EMILIANO. —*(Aparte, a Fernando)*. ¡Por ahí tiran con bala, Fernandito!

BREMÓN. —Ahora que, por mi parte, esto se ha acabado. El martes, que seremos ricos, nos vamos al extranjero; a un país donde Hortensia no entienda el idioma.

FEDERICO. —¿Que el martes serán ustedes ricos, doctor?

BREMÓN. —Sí; y Emiliano también. Y Ricardo. Y Valentina.

EMILIANO. —¿Eh? ¿Yo rico? Doctor, no juegue usted con el corazón de los puntos... Explíquese...

BREMÓN. —Por eso ha sido el venir: porque, a fin de esta semana, vencen los seguros de vida que nos hicimos en mil ochocientos sesenta, cuando nos tomamos las sales.

EMILIANO. —¡¡Arrea!! ¡Pues es verdad!

FEDERICO. —¿Y les corresponden...?

BREMÓN. —Un millón de pesetas a cada uno.

Los OTROS. —¿Un millón?

BREMÓN. —Me ha telefoneado el director de la Compañía de Seguros y le he citado aquí, para que estemos todos juntos cuando venga.

EMILIANO. —Pero... ¿Y nos pagará? Porque yo no creo ni en las compañías de seguros ni en las píldoras Pink.

BREMÓN. —Ellos se resisten a creer que vivamos, y pensarán que somos unos suplantadores; pero cuando les demostremos que nosotros somos nosotros, no tendrán más remedio que pagar.

EMILIANO. —Menos mal; porque con esto de no morirse uno nunca, siempre se está alcanzado de dinero.

FEDERICO. —Lo celebro de veras por mis padres, doctor; porque teniendo dinero otra vez, podrán seguir su vida sin quitarme a mí nada de la caja.

BREMÓN. —¿Cómo? Pero ¿es que le han quitado a usted...?

FEDERICO. —Sí, señor. Esa ha sido su última trastada.

BREMÓN. —¡Vamos!... ¡Qué muchachos estos!... ¡Qué muchachos!...

EMILIANO. —*(Que está en la izquierda con Fernando).* Aquí vienen los chavales, Federico.

FERNANDO. —Yo no quiero presenciar el disgusto. *(Va hacia la derecha).*

167

MARGARITA. —Haces bien. Yo tampoco. Y así hablaremos dos palabras tú y yo. Con permiso... *(Se va detrás de Fernando, por la derecha).*

ELISA. —¡Por Dios, Federico!... ¡No les regañes mucho!... ¡Piensa que, al fin y al cabo, son nuestros padres! ¡Ay, todo esto es superior a mis fuerzas! *(Vuelve a su llanto).*

HORTENSIA. —*(Consolándola)* Doña Elisa... *(Por la izquierda aparecen, primero, Valentina, y, luego, Ricardo).*

VALENTINA. —*(Tímidamente). ¿*Se puede?

ELISA. —Angelitos... Preguntan si pueden...

FEDERICO. —Adelante...

(Entran Valentina y Ricardo. Parecen, efectivamente, dos muchachitos de dieciséis y dieciocho años, respectivamente. Se detienen en la puerta).

VALENTINA. —Buenas tardes a todos...

RICARDO. —Buenas tardes.

HORTENSIA. —Valentina querida. *(Va con Bremón hacia ellos).*

VALENTINA. —¡Hortensia!

RICARDO. —¡Hola, Ceferino!

BREMÓN. —¡Hola, chaval!

VALENTINA. —¡Qué guapa y qué joven estás!

HORTENSIA. —¡Sí; puedes hablar tú, que eres una niña!

ELISA. —¡La verdad es, Federico, que da gusto verlos!... ¡Qué soles de padres!...

FEDERICO. —Sí; muy ricos son los dos. ¡Muy ricos!...

(Valentina y Ricardo cesan en su conversación con Bremón y Hortensia al oír la última frase de Federico).

EMILIANO. —*(Aparte, a Valentina y Ricardo, por Federico).* ¡Está que muerde! Y como estrenó el mes pasado dentadura postiza, anda con ojo.

(Bremón y, Hortensia, prudentemente, vuelven a sus puestos anteriores).

FEDERICO. —¿Qué? Satisfechos de vuestra hazaña, ¿eh?

RICARDO. —Te aseguro, hijo mío...

FEDERICO. —Sí, ya sé lo que vas a decirme, papá; disculpas y mentiras y promesas de que no volverá a ocurrir; pero estamos hartos..., ¡estamos ya hartos!...

ELISA. —¡Federico, por Dios!

FEDERICO. —¡Y lo que hicisteis ayer colma la medida!... ¡Habéis derrochado lo vuestro y ahora habéis llegado a lo más que pueden llegar unos padres!... ¡A lo más vergonzoso y a lo...!

VALENTINA. —Bueno, hijo mío; ya está bien.

FEDERICO. —¿Qué?

VALENTINA. —Que ya está bien, hijo mío. Que, por mi parte, no estoy dispuesta a permitir que nos gritéis, porque nunca os lo aguanté yo, y no voy a aguantarlo ahora al cabo de los años. *(A Ricardo).* Tú siempre has tenido el defecto de ser demasiado blando con los hijos, y ya ves el resultado: que nos falten al respeto.

RICARDO. —Sí; tienes razón.

FEDERICO. —*(A punto de estallar).* Pero...

VALENTINA. —No hay pero que valga, Chichín. Suponiendo que nosotros hiciésemos algo malo, que no hacemos más que lo propio de nuestra edad, deber de hijos es disculpar a los padres, no acusarlos.

FEDERICO. —*(Compungido).* Pero, ¡mamá!

RICARDO. —*(Recobrando su dignidad de padre).* Eso es... Y si hemos distraído una cantidad de la caja, a nadie tenemos que dar cuentas, porque somos los padres y, como padres, dueños de todo.

FEDERICO. —*(Compungido)*. Pero, ¡papá!

RICARDO. —¡Y ya te estás callando!...

VALENTINA. —Chichín, ni una palabra más. Toma ejemplo de Chichita, que es bastante más dócil que tú...

FEDERICO. —Bueno, muy bien... Es todo lo que me quedaba que oír; a mis años...

EMILIANO. —¡Y al mes de estrenar la dentadura!

VALENTINA. —Más años tenemos nosotros...

RICARDO. —¿Se habrá visto arrapiezo semejante?

EMILIANO. —Dale un par de azotes, Ricardo.

FEDERICO. —¡Y encima eso!... ¡Y encima eso!... ¡Tener que aguantar eso!... *(Se va echando chispas por la izquierda)*.

ELISA. —¡Válgame Dios! ¡Esta situación me vuelve tarumba, Emiliano!

EMILIANO. —¡Y a cualquiera, hija; a cualquiera!

ELISA. —*(En el mutis, hablando para sí)*. Y luego se extrañan de que diga una cosa por otra y de que tome una la sopa con tenedor. *(Se va por la derecha)*.

EMILIANO. —*(Refiriéndose a los que se han ido)*. Bueno; los tenéis hechos polvo, ¿eh? Y yo creo que llevan razón ellos.

RICARDO. —Todos llevamos razón, Emiliano. Ellos son viejos y piensan y sienten como viejos; pero ese no es motivo para que quieran sacrificarnos a nosotros en plena juventud feliz, que se nos va de las manos por días...

BREMÓN. —¡Ahí le duele, que hay que aprovechar cada hora!

VALENTINA. —¿Cada hora? Cada minuto... Cada segundo hay que aprovecharlo y estrujarlo, y consumirlo en reír y en disfrutar del sol, del aire y de la luz que lleva uno dentro. Y en quererse... *(Se abraza a Ricardo)*.

BREMÓN. —En quererse. Está dicho. *(Se abraza a Hortensia)*. Tú, Emiliano, no puedes comprendernos...

EMILIANO. —No, señor. Para mí, morirse es un error.

BREMÓN. —¡Qué va a serlo!

Los TRES. —¡Qué va!

BREMÓN. —Morirse es un acierto estupendo... Morirse es vivir... Cuando se ha sabido aprovechar la vida, morirse es vivir. De igual modo que cuando no se ha sabido aprovechar la vida, vivir es morirse.

RICARDO. —Entonces, viva la vida; pero viva también la muerte.

BREMÓN. —Eso, eso...

TODOS. —¡Vivaaa!

BREMÓN. —No te envidiamos tu inmortalidad, Emiliano. ¿Qué vas a ver con los tiempos que corren en Europa? ¿Jaleos políticos?

EMILIANO. —Pues no crea usted que no estoy interesado en eso. Lo único que me chincha es pensar que pueda llegar el reparto..., porque como he sido cartero...

(Por el foro aparece Florencia con una bandeja y una tarjeta en ella).

FLORENCIA. —Doctor...

BREMÓN. —¿Qué hay?

FLORENCIA. —Este caballero, que dice que el señor le ha citado aquí para un asunto importante.

BREMÓN. —¡Ah! Será el director de la Compañía de Seguros... Que pase. *(Florencia se va de nuevo).* Es verdad, que no os lo he dicho. En esta semana vencen los seguros que nos hicimos el año sesenta.

RICARDO. —Yo creí que no vencían hasta junio...

BREMÓN. —En junio seremos todos ricos.

VALENTINA. —Ricos...

RICARDO. —Ricos...

BREMÓN. —*(Leyendo la tarjeta).* Justo... Él es... "Bienvenido Corujedo, director de..".

EMILIANO. —¿Corujedo? Pero oiga usted; ¿no se llamaba también Corujedo el agente aquel que nos firmó las pólizas?

BREMÓN. —Pues es verdad.

HORTENSIA. —¿Será el mismo?

BREMÓN. —¡Cómo va a ser el mismo, si hace de eso setenta y cinco años!

EMILIANO. —¿A ver si ha habido algún otro que ha inventado sales de usted?

BREMÓN. —No diga simplezas. Lo que puede ocurrir es que sea hijo o nieto de aquel Corujedo, que el negocio de los seguros haya pasado de padres a hijos...

VALENTINA. —Sí, claro...

RICARDO. —Eso será.

(Por el foro, Florencia).

FLORENCIA. —Pase usted, caballero.

(En el foro aparece Corujedo. Es un hombre de treinta años, parecidísimo al Corujedo del primer acto; muy bien vestido. Florencia se va. Los personajes que están en escena miran fijamente a Corujedo).

BREMÓN. —Sí, justo... Eso es... Pariente del otro.

RICARDO. —No hay más que verle.

HORTENSIA. —Basta verle.

VALENTINA. —La misma cara.

EMILIANO. —Idéntica... Idéntica...

CORUJEDO. —*(Un poco extrañado).* Buenas tardes.

BREMÓN. —Y la misma voz.

HORTENSIA. —La misma... *(Contemplándole de cerca).*

EMILIANO. —¿A ver? Y las mismas narices...

BREMÓN. —No, perdona, Emiliano; pero las narices las tiene este señor menos puntiagudas.

CORUJEDO. —¿Eh?

EMILIANO. —¡Qué va!... Míreselas usted así, de perfil. Tan apinochadas como las del otro. *(Le da la vuelta a Corujedo como si fuera un mueble).*

BREMÓN. —*(Examinándole).* ¡Pchs!... De perfil, sí; pero... Bájele la cabeza. *(Emiliano le baja la cabeza).* Ahora súbasela... *(Emiliano se la sube).* Sí, sí. Son las mismas narices.

CORUJEDO. —¿Y puede saberse a qué narices viene esto?

BREMÓN. —Perdone usted, señor Corujedo... No sé cómo decirle que disculpe nuestra actitud, pero nos ha sorprendido tanto el verle...

CORUJEDO. —No, no, no... Si todo ocurre porque tiene que ocurrir. Si está bien.

BREMÓN. —¿Eh?

CORUJEDO. —Lo que quiero yo saber, por ser de capital importancia, es a quién se referían ahora ustedes cuando hablaban de mis narices.

BREMÓN. —Nos referíamos al agente que en mil ochocientos sesenta contrató nuestros seguros...

CORUJEDO. —Al agen...

EMILIANO. —Y que también se llamaba Corujedo: Elías Corujedo.

CORUJEDO. —¡Mi madre!

EMILIANO. —¿Veis cómo os decía yo que eran parientes? Era su madre.

VALENTINA. —Pero ¿cómo iba a ser su madre, Emiliano?

CORUJEDO. —¡Mi abuelo!

EMILIANO. —Su abuelo. Era su abuelo.

CORUJEDO. —Pero, entonces..., pero, entonces, ¿es verdad?

TODOS. —¿Qué?

CORUJEDO. —*(Pasándose la mano por la frente, como el que se ve obligado a creer lo increíble).* ¿Entonces ustedes son los que contrataron los seguros con mi abuelo: Ceferino Bremón, de ciento treinta años, y Hortensia Álvarez, de ciento quince?

EMILIANO. —Se vuelve loco, claro.

CORUJEDO. —Y Emiliano Menéndez, de ciento diecinueve.

EMILIANO. —Servidor.

BREMÓN. —Y Ricardo Cifuentes, de ciento diez, y Valentina Díaz, de ciento cinco...

(Corujedo hace una leve pausa, mirándoles alternativamente, y de pronto da un salto corriendo a todo correr por el foro).

RICARDO. —Que se va...

EMILIANO. —Loco perdido, claro.

RICARDO y VALENTINA. —*(Al mismo tiempo).* ¡Corujedo!

HORTENSIA. —Señor Corujedo...

(Salen corriendo todos detrás de él).

BREMÓN. —¡Que no salga a la calle! Que lo va a contar.

EMILIANO. —Descuide usted, doctor, que yo le agarro.

(Mutis de todos por el foro, corriendo a todo correr. Por la derecha aparecen Margarita, víctima visible de un terrible disgusto, y Fernando, también con muestras de hallarse viviendo una fuerte crisis).

FERNANDO. —Te callarás... No se lo dirás a nadie.

MARGARITA. —Ahora mismo se lo digo a todos para que tomen cartas en el asunto. ¡Infame!... ¡Pero qué digo infame: imbécil y gracias!... Eso es lo que tú eres: ¡un imbécil!

FERNANDO. —Margarita.

MARGARITA. —Cualquier otra infidelidad te la habría pasado, porque te he querido, y cuando se quiere, se perdonan las cosas... ¡Pero hacerme de menos con... mi abuela!... ¡Saber que estás enamorado de mi abuela!... ¡¡De mi abuela!!...

FERNANDO. —¿Por qué ese tono despectivo de "mi abuela, mi abuela"? ¡A ver si es que no está estupenda tu abuela!

MARGARITA. —Fernando...

FERNANDO. —¿Tengo yo la culpa de vivir en una casa donde todos rezumáis tristeza, los hijos y la nieta, y en la que los únicos que son alegres y optimistas son los abuelos? ¿Que me siento atraído por la abuela? Naturalmente... ¡Y mi lástima es no haber conocido a la bisabuela, porque dicen que Valentina es su vivo retrato!...

MARGARITA. —Eso faltaba.

FERNANDO. —Y si me gusta tu abuela, en último término, échate la culpa a ti misma, que no tienes la gracia de ella, y su seducción y frescura.

MARGARITA. —Frescura..., esa es la palabra.

FERNANDO. —No la ofendas. Que ni ella tiene la culpa de lo que pasa por mí, ni está enterada siquiera.

MARGARITA. —Pero va a estarlo muy pronto... Y ahora mismo lo sabrán mamá y el tío.

FERNANDO. —¡Margarita!

MARGARITA. —No me importa el escándalo... No me importa descubrirlo todo... Pero esto no lo aguanto... Yo haré que te tengas que ver las caras con el abuelo.

(Se va, furiosa, por la izquierda).

FERNANDO. —¡Con el abuelo!... ¡Me va a

obligar a pegarme con el abuelo!... ¡Con lo joven que está!... ¡¡Margarita!!

(Se va, detrás de ella, por la izquierda. Por el foro vuelven a entrar Corujedo, Bremón, Ricardo, Emiliano, Valentina y Hortensia. Vienen ya hablando tranquilamente. Corujedo, en el centro del grupo, oyendo las explicaciones que le dan).

CORUJEDO. —Pero, señores, si parece un sueño.

BREMÓN. —Un sueño que es una realidad rotunda, señor Corujedo.

VALENTINA. —Cinco realidades.

HORTENSIA. —Eso es... Cinco realidades: una por persona.

EMILIANO. —En fin: ¿ve usted esa panoplia? Pues ahí tiene usted el traje y las armas que usaba yo en la isla. Y eso son unas botas que usé más de sesenta años, porque las unté con las sales, y que luego se me ocurrió también untarlas con el alcaloide de la juventud, y ya ve usted: se me han convertido en sandalias...

(Todos ríen).

CORUJEDO. —¡Es maravilloso...! *(A Bremón).* ¡Y usted, doctor, el científico más grande del mundo!

BREMÓN. —Lo fui, lo fui... Pero ahora ya no sé una palabra de nada... Estoy hecho un berzotas...

EMILIANO. —Entonces, señor Corujedo, ¿nos pagarán ustedes los seguros? Porque yo tengo desde niño cierta escama financiera.

CORUJEDO. —Los casos de ustedes no tienen precedente, y lo natural sería ir a un pleito; pero tampoco tienen precedentes los descubrimientos del doctor Bremón, y ¿qué menor premio se merecen que esos cinco millones?...

BREMÓN, RICARDO, VALENTINA y HORTENSIA. —(Al mismo tiempo). ¡Corujedo!

CORUJEDO. —Después de todo, al obrar así, la Compañía de Seguros que dirijo no hace más que adelantarse al homenaje mundial de que pronto será usted objeto, doctor.

BREMÓN. —¡No, eso no, por Dios! Le suplico, amigo mío, la reserva más absoluta acerca de...

CORUJEDO. —Pero ¿cree usted que eso puede ocultarse? Se enterarán mis socios. Correrá la noticia...

BREMÓN. —¿Y si nos vamos todos de incógnito a vivir en el extranjero?

CORUJEDO. —Eso podría ser una solución. De todo hablaremos más despacio; yo, por el momento, con el permiso de ustedes... *(Inicia el mutis. Dentro se oye gritar a Federico).*

FEDERICO. —¡¡Ahora mismo!! Esto hay que resolverlo ahora mismo.

CORUJEDO. —¿Qué es eso?

RICARDO. —Nada. Mi hijo, que tiene un genio imposible.

(Van haciendo mutis Emiliano, Bremón, Corujedo y Ricardo, hablando, por el foro. En ese instante, por la izquierda, entran Federico, que está fuera de sí; Margarita, Fernando y Elisa, hecha cisco otra vez, le siguen).

FEDERICO. —¡El colmo!... ¡El colmo!... ¡¡Papá!!

RICARDO. —¿Qué?

MARGARITA. —Tío.

FERNANDO. —Federico...

ELISA. —¡Federico, por la Virgen!...

FEDERICO. —¡¡Mamá!!

VALENTINA. —¿Qué pasa?

FEDERICO. —¿Qué pasa? ¿Quieres saber lo que pasa?

FERNANDO. —Federico, calla.

FEDERICO. —No me callo. Pasa, que mi sobrino, el marido de tu nieta, está enamorado de ti... Eso pasa.

VALENTINA. —¿Eh?

RICARDO. —¿Cómo?

FEDERICO. —A eso han conducido vuestras locuras... A que esta casa sea Sodoma y Gomorra...

ELISA. —De esta..., de esta me chiflo. *(Cae en el diván)*.

MARGARITA. —¡Mamá!

RICARDO. —Pero ¿qué estás diciendo? ¿Qué estupidez es esa?

FERNANDO. —No es ninguna estupidez...

RICARDO, VALENTINA y HORTENSIA. —¿Eh?

(En este momento, por el foro, entran Emiliano y Bremón, que vuelven de despedir a Corujedo).

FERNANDO. —Ya me he hartado de fingir... Estoy enamorado de Valentina. Sí, ¿y qué?

EMILIANO. —¡Arrea!

BREMÓN. —¡Fernando!

FERNANDO. —¡Estoy enamorado de ella como un loco! Sí. ¿Y qué?

RICARDO. —Pero ¿cómo que y qué? ¡Pues que te parto el alma ahora mismo! *(Avanza hacia él).*

VALENTINA. —¡Ricardo!...

TODOS. —¡Ricardo!...

(Le sujetan).

ELISA. —¡Aaaaay!...

MARGARITA. —¡Mamá!... ¡No te chifles, por Dios!

HORTENSIA. —¡Elisa!...

VALENTINA. —¡Hija mía, lleváosla!... ¡Lleváosla, que no oiga esto!

FEDERICO. —¡Pobre hermana! Ven.

ELISA. —¡Ay!... ¡Estos padres!... ¡Estos padres!...

(Se la llevan, por la izquierda, entre Federico, Hortensia y Margarita).

FERNANDO. —¡Suéltenle!... ¡Suéltenle!... ¡Si no me da miedo!...

RICARDO. —¿Que no te doy miedo?... ¡Maldita sea!

EMILIANO. —¡Ya podrás, Fernando! ¡Atreverte con un hombre que tiene ciento diez años!...

VALENTINA. —¡Quieto, Ricardo!... ¡Y tú, cállate, mocoso!

FERNANDO. —¿Mocoso?

VALENTINA. —¡Mocoso, sí!... *(Hortensia vuelve a salir por la izquierda).* La que tiene que arreglar esta cuestión soy yo, y la voy a arreglar con dos palabras. Te he llamado mocoso porque no tienes más que treinta años, y yo ciento cinco, y para mí eres un mocoso. Pero piensa, además, que cada año que pasa tengo uno menos, y apréndete de memoria —y no lo olvides— que cuando tú tengas treinta y cinco años, yo tendré once, y cuando tú tengas cuarenta, yo tendré seis.

FERNANDO. —¿Que cuando yo tenga cuarenta, ella tendrá seis? Hortensia... *(La abraza).*

HORTENSIA. —¡Claro, hombre! La abuela es muy joven para ti.

BREMÓN. —¡Eh!... Tú... Pollito. *(Le quita de los brazos a Hortensia).*

EMILIANO. —*(A Fernando).* ¡Abráceme usted a mí, que soy soltero!

VALENTINA. —¡Ay! *(Vacila, como si se marease).*

RICARDO. —¡Valentina!...

BREMÓN. —¿Qué te pasa?

HORTENSIA. —¡Valentina!... *(Va hacia ella).*

VALENTINA. —Nada; no es nada. Lo esperaba. *(Le habla aparte a Hortensia)*.

RICARDO. —¿Que lo esperabas?

HORTENSIA. —Pero ¿es que?...

VALENTINA. —Sí, Hortensia.

RICARDO. —¿Qué dices? ¿Qué dices? *(La abraza, emocionado)*.

EMILIANO. —*(A Fernando)*. Mi querido Romeo: Julieta va a tener un heredero... Renuncie usted a ella definitivamente.

FERNANDO. —¡Un hijo!... ¡Un hijo, ella! *(Se va destrozadísimo por primera izquierda)*.

BREMÓN. —¡Un hijo!... ¡Juventud redonda!...

HORTENSIA. —¡Vuestra felicidad completa!...

VALENTINA. —*(Ocultando el rostro)*. ¡Pobrecito!... ¡Pobrecito!...

RICARDO. —¡Valentina!...

HORTENSIA. —¿Pero lloras?

VALENTINA. —¿Qué quieres que haga? ¡Pobrecito hijo mío!... ¿Quién le atenderá? ¿Quién velará por él?

EMILIANO. —¡Hombre, yo, que soy el niñero vitalicio!

VALENTINA. —Pronto me echa el Destino a la cara mis palabras de antes: cuando mi hijo tenga dos años, yo tendré quince; cuando él tenga cuatro, yo tendré trece... Luego seremos niños los dos... ¡Cómo nos querremos!... ¡Qué amor y qué dichas infinitas habrá en nuestros juegos!... Pero él seguirá creciendo, y yo, y yo... ¡Oh, qué horror!... ¡Qué horror!

(Se abraza a Ricardo y hay un silencio impresionante).

BREMÓN. —¡Quién sabe!... ¡Hay que confiar en las fuerzas de la vida!

VALENTINA y RICARDO. —(Al mismo tiempo). ¿Eh?

EMILIANO. —¡Mi madre! ¿A que se le ha ocurrido otra cosa aún?

BREMÓN. —No es que quiera alentaros... Pero yo... Lo único que no veo claro en mis experiencias, es el final. Cuando este convirtió en niño al marido de Hortensia, yo me propuse estudiar el fenómeno en él; pero como tuvimos la mala pata de que muriera de tos ferina a los dos años..., sigo sin saber qué será de nosotros. Nos haremos niños, llegaremos a tener nada más que un mes, y luego, quince días después, sólo unas horas de vida, y al fin, ya únicamente nos quedarán unos minutos... Pero en la Naturaleza no muere nada; ¿y quién sabe si al cumplir el último segundo de vida, no empezaremos a cumplir el primero otra vez?

(Todos, al oírle, parecen revivir y vuelven a la alegría).

RICARDO y VALENTINA. —*(Al mismo tiempo).* ¡Bremón!...

HORTENSIA. —¡Ceferino!...

EMILIANO. —Y volverán ustedes a vivir... Me la estaba oliendo. Yo les esperaré a pie firme, con el hijo de Valentina, que ya irá a la Universidad, y usted, doctor, volverá a estudiar la carrera de Medicina.

BREMÓN. —¿Medicina? ¿Y si descubro alguna otra sal?

EMILIANO. —Eso, no... Entonces, se dedicará usted al fútbol.

HORTENSIA. —Y yo seré su árbitro.

EMILIANO. —Y le pitaremos todos.

(Gran alegría. Por la izquierda, Federico).

FEDERICO. —¡Mamá!... ¿Un hermanito? ¿Un hermanito?

VALENTINA. —O una hermanita, sí.

EMILIANO. —O un hermanito y una hermanita a un tiempo, que se dan casos.

VALENTINA. —Pero, por Dios, no le digáis nada a Elisa, que si sabe esto es cuando se trastorna del todo.

ELISA. —*(Dentro)*. ¡Ja, ja, ja!

BREMÓN. —Ya está. Ya se lo han dicho.

RICARDO. —¡Chalada!

EMILIANO. —Voy a telefonear al manicomio.

(Por la izquierda aparece Elisa).

ELISA. —*(Haciendo esfuerzos por no reír, pero sin conseguirlo)*. Si no estoy loca, si no estoy loca... Si me río de que..., ¡ja, ja!... de que si a vosotros, que sois mis padres, tengo que llamaros nietos, ¡ja, ja, ja!... que ¿cómo tendré que llamar al que nazca?

TELÓN

FIN DE
CUATRO CORAZONES CON FRENO Y MARCHA ATRÁS

Libros Mablaz — Ciencia Ficción y Fantasía

http://librosmablaz.com/

Libros Mablaz — CLÁSICOS de Ciencia Ficción recuperados

LM CLÁSICOS

http://librosmablaz.com/

Libros Mablaz

Narrativa — Relatos

/www.librosmablaz.com/